AF561651

BIBLIOTHÈQUE

DE LA

JEUNESSE CHRÉTIENNE

APPROUVÉE

PAR Mgr L'ARCHEVÊQUE DE TOURS

5e SÉRIE IN-12

« J'eus beau protester de mon innocence, le commissaire déclara qu'il allait me mettre à la disposition du procureur impérial. »

PÉRINE

PAR

MARIE-ANGE DE B***

TOURS

A[d] MAME ET Cie, IMPRIMEURS-LIBRAIRES

M DCCC LXIV

PÉRINE

CHAPITRE I

LA MORT DE MA MÈRE ET LE SECOND MARIAGE DE MON PÈRE

Vous désirez, mes enfants, que je vous raconte mon voyage à Paris et ce qui m'est arrivé pendant le séjour que j'y ai fait : je le veux bien, quoique cela me rappelle de tristes souvenirs; mais, si mes malheurs et les dangers auxquels j'ai été exposée peuvent vous servir de leçons et vous engager à ne pas quitter votre village pour aller chercher fortune à la ville, je n'aurai pas perdu mon temps en vous faisant ce récit, et vous aurez encore moins perdu le vôtre en l'écoutant.

Avant de vous parler des motifs qui m'ont fait entreprendre ce voyage, je dois vous faire connaître quelques-unes des circonstances qui ont marqué les premières années de ma vie et de mon adolescence.

J'étais la plus jeune d'une famille composée de sept enfants, quatre garçons et trois filles. A l'époque de ma naissance, mon père, Louis Robichon, était fermier au Grand-Champ, hameau dépendant de la commune de Sellières (1). La ferme qu'il exploitait était assez considérable ; aussi ce n'était pas sans peine et sans de grands efforts qu'on pouvait s'y tirer d'affaire. Mon père y parvenait cependant, grâce au puissant concours que lui prêtait ma mère, à l'activité de mes frères et sœurs, et de deux ou trois domestiques. Tout le monde travaillait chez nous ; les aînés avec les domestiques aidaient mon père au labourage et à tous les travaux de la culture et de la

(1) Petite ville, chef-lieu de canton de l'arrondissement de Lons-le-Saulnier, département du Jura.

récolte ; les plus jeunes gardaient les bestiaux. Mes sœurs secondaient ma mère dans les soins du ménage, de la basse-cour et de la laiterie, ainsi que dans ces mille détails qui sont du ressort d'une fermière et d'une bonne ménagère. Moi seule je ne faisais rien; ce n'était pourtant pas la bonne volonté qui me manquait ; mais j'étais si jeune et si délicate, que si je voulais entreprendre la moindre chose qui parût un peu fatigante, c'était à qui m'en empêcherait. Il faut dire aussi que tout le monde me gâtait un peu, à commencer par ma mère et par mon père. « Périne, disait ma mère, n'est pas faite pour être fermière, les gros ouvrages des champs ne lui conviennent pas; elle ne pourrait manier ni un râteau ni une fourche, encore moins une houe. Nous ne pouvons pourtant pas en faire une demoiselle ; mais je lui ferai apprendre à lire, à écrire, à calculer, à travailler de l'aiguille et du fuseau ; elle tiendra les écritures de la ferme, elle tricotera, elle filera, elle raccommodera le linge et les vêtements, et les confectionnera au besoin. De cette manière elle nous sera aussi utile que si elle allait sarcler les blés, biner un champ ou porter le repas aux travailleurs. »

En attendant que vînt le moment d'apprendre toutes ces choses, car je n'avais que sept à huit ans lorsque ma mère tenait ce langage, je passais mes journées, quand il faisait beau, à courir dans la prairie, à cueillir des fleurs et à jouer avec les enfants de mon âge. Seulement, les jours de pluie et pendant la mauvaise saison, ma bonne sœur Louise, de dix à onze ans plus âgée que moi, essayait de m'apprendre à lire, car il n'y avait point d'école dans le hameau ; mais j'étais si étourdie, et ma sœur, qui me gâtait encore plus que ma mère, était si bonne, que je ne faisais guère de progrès. Cependant le peu que j'en faisais suffisait pour satisfaire mes bons parent, et pour me valoir de leur part et de celle de ma chère Louise les plus tendres caresses.

Aussi comme j'étais heureuse alors ! Je puis bien dire que ç'a été le plus heau temps de ma vie, et vous ne devez pas vous étonner, mes enfants, si j'aime à y arrêter mes souvenirs. Mais le malheur n'était pas loin, et il allait me frapper à l'improviste, comme un orage qui éclate tout à coup après une belle matinée de printemps.

Une maladie terrible, la fièvre typhoïde, s'abattit subitement sur le hameau que nous habitions. Notre famille paya largement son tribut à l'épidémie : ma mère, mon frère aîné, ma bonne Louise et mes deux plus jeunes frères en furent atteints. Cinq malades à soigner à la fois ! quelle tâche pour mon père, pour mon autre frère et mon autre sœur ! car moi, j'étais trop jeune pour leur être de quelque utilité ; je n'étais même qu'un embarras, et mon père, qui craignait la contagion pour moi, m'envoya chez ma tante Touchard de Sellières.

J'y étais à peine depuis huit à dix jours, que ma mère, ma sœur et mon frère aîné moururent; les deux plus jeunes échappèrent comme par miracle. Longtemps on me cacha ce fatal événement; mais il fallut bien enfin me le faire connaître. Quoique bien jeune, il fit sur moi une impression que le temps n'a point effacée; je vivrais un siècle que je n'oublierais jamais le jour où mon père, la figure pâle et décomposée comme si lui-même sortait du tombeau, vint m'annoncer cette affreuse nouvelle. Dire ce que j'éprouvai en ce moment me serait impossible. Je ne pouvais m'accoutumer à l'idée que je ne reverrais plus ces êtres si chers; leur image était constamment devant mes yeux, je les appelais, je leur parlais, et des torrents de larmes inondaient mon visage.

Quand ma douleur se fut un peu calmée, mon père m'annonça que je continuerais à rester avec ma tante, qu'elle m'apprendrait son état (elle était très-bonne couturière), que j'irais à l'école, et qu'ainsi s'exécuterait le projet depuis longtemps formé par ma mère. Cette idée de satisfaire à un désir de ma mère me fit accepter avec plaisir le nouveau genre de vie que j'allais mener. D'ailleurs ma tante était pour moi très-bonne, je dirais presque une seconde mère, qui eût remplacé la première s'il était possible de remplacer une mère.

Je fus donc envoyée à l'école, où je fis d'assez rapides progrès dans la lecture et l'écriture. Je fis aussi la connaissance de petites filles de mon âge avec lesquelles ma tante me permit de me lier, afin de me donner de nouvelles distractions ; car elle avait remarqué que, quand je me trouvais seule, j'étais toujours triste, et souvent même je versais des larmes.

Il ne se passait pas de semaine, surtout le dimanche et les jours de marché, que je ne reçusse la visite de mon père, ou de ma sœur, ou de l'un de mes frères. J'éprouvais une grande satisfaction à les voir ; cependant il était rare que notre entrevue se passât sans verser des larmes, quand nous venions à parler de ceux qui n'étaient plus.

Un jour mon père m'annonça que son bail de la ferme du Grand-Champ allait bientôt expirer, et qu'il ne le renouvellerait pas, parce qu'il n'avait plus assez de bras à son service pour faire valoir une ferme de cette importance, ni surtout une compagne capable de le seconder comme faisait sa pauvre défunte. « Encore si j'avais Louise, disait-il, elle eût remplacé sa mère. Agathe fait bien ce qu'elle peut; mais la pauvre enfant ne peut à elle seule faire la besogne de trois. » Et en disant ces mots, il poussait de profonds soupirs.

« Oh! que je voudrais bien être grande, répondis-je, pour pouvoir aider Agathe!

— Oui, mais il te faut encore bien des années pour en arriver là; et puis, comme le disait ta mère, je ne crois pas que tu puisses jamais faire autre chose que d'écrire, de coudre et de filer. Cela nous sera utile sans doute, mais ce n'est pas tout ce qui nous convient; j'ai besoin d'une femme habituée aux grands travaux et à la surveillance d'une ferme, et jamais ni toi ni même Agathe ne pourrez remplacer ta mère ou Louise. » Ces derniers mots furent accompagnés de nouveaux soupirs, et moi je me mis à pleurer.

Ma tante, qui était présente, dit à mon père : « Vous voyez bien, mon frère, que vous faites pleurer cette enfant en lui rappelant ces tristes souvenirs, auxquels elle ne pense déjà que trop souvent, et en lui faisant sentir l'incapacité où elle sera de pouvoir remplacer sa mère ou sa sœur. Ce n'est pas sa faute si elle est née avec une constitution plus délicate que vos autres enfants.

— Je le sais bien que ce n'est pas sa faute, et ce n'est pas pour lui adresser un reproche, Dieu m'en garde! que j'ai parlé de ces choses et que j'ai rappelé ces tristes souvenirs; mais c'est pour justifier à vos yeux et aux yeux de Périne, comme je l'ai déjà fait auprès de mes autres enfants, les projets que j'ai formés pour l'avenir, et qui sont basés sur leur intérêt. Quoique la plus jeune de tous, Périne est en âge de me comprendre, et j'espère qu'elle approuvera ces projets, comme les ont déjà approuvés sa sœur et ses frères. »

Ce préambule m'intrigua beaucoup. J'avoue que je ne savais pas si je pourrais comprendre ce qu'allait dire mon père; mais ce qu'à coup sûr je ne comprenais pas, c'était qu'un homme comme lui, dont les moindres paroles étaient toujours écoutées avec respect par nous tous, dont les moindres volontés étaient obéies avec une entière soumission, crût devoir nous consulter sur ce qu'il avait dessein de faire, et venir demander l'approbation d'une petite fille comme moi. Ces réflexions, comme on le pense bien, restèrent enfermées au dedans de moi; mais l'étonnement et la curiosité qui se manifestaient sur ma figure les faisaient sans doute deviner, car mon père sembla y faire allusion, en me disant en forme d'interruption : « Un peu de patience, mon enfant, et ta surprise cessera. » Puis s'adressant à ma tante et à moi, il continua en ces termes : « Je vous ai dit les motifs qui m'empêchaient de renouveler mon bail du Grand-Champ ; mais cela ne signifiait pas que je voulusse cesser de travailler comme fermier ; seulement il fallait trouver une ferme moins importante, et qui fût en rapport avec les moyens d'exploitation dont je pouvais disposer. J'ai cherché longtemps dans les environs sans pouvoir rien trouver à ma convenance. Enfin on m'a parlé d'une belle ferme, à Jalandrey, à trente kilomètres d'ici. Je me suis adressé directement au propriétaire, qui habite Louhans. J'avais pour lui une lettre de recommandation du propriétaire du Grand-Champ, dont j'ai cultivé la ferme pendant dix-huit ans ; j'en avais une autre du juge de paix de Sellières, qui est l'ami particulier de ce monsieur de Louhans. J'en fus parfaitement accueilli, et il parut dès l'abord fort désireux de m'avoir à son service. De mon côté, je me sentais aussi très-disposé à traiter avec un tel maître, qui me paraissait franc, loyal et coulant en affaires. Nous entrâmes donc sérieusement en pourparlers; mais dès la première conférence je me sentis arrêté par une grave difficulté. La ferme qu'il me proposait était au moins aussi étendue que celle du Grand-Champ, et son produit était même plus considérable; si je quittais celle-ci par suite d'insuffisance de moyens d'exploitation, comment me charger de l'autre qui exigeait une main-d'œuvre encore plus dispendieuse? Je m'expliquai à cet égard avec M. Berthoux (c'est le nom de ce propriétaire), je lui fis connaître mon histoire et les raisons qui me forçaient à quitter le Grand-Champ.

« — Je connaissais déjà, me répondit-il, par les lettres que vous m'avez remises, les motifs qui vous forcent à quitter votre ancienne ferme; mais, après y avoir réfléchi, je pense qu'il y aurait un moyen d'arranger convenablement les choses. Par un hasard assez singulier, mes fermiers de Jalandrey se trouvent dans une situation tout à fait analogue à la vôtre; seulement, c'est la mort du père qui les force, à mon grand regret, de quitter ma ferme, que la femme, restée veuve avec deux grands enfants, une fille et un garçon, est désormais impuissante à exploiter. Eh bien, ne pourriez-vous pas vous entendre ensemble et conserver la ferme à vous deux? A l'aide de vos enfants réunis, il vous serait facile de cultiver tout le domaine. Plus tard même, vous pourriez ne faire qu'une seule famille en mariant ensemble vos enfants les plus grands; et, ce qui vaudrait encore mieux, vous pourriez épouser la veuve elle-même et confondre ainsi vos intérêts. C'est une femme très-capable, intelligente, au courant des affaires de la ferme; qu'elle dirige depuis douze ans, et je suis persuadé que cette union ou plutôt ces unions seraient très-avantageuses à vous et à votre famille. »

« M. Berthoux me parla longtemps encore dans ce sens, et répondit à toutes les objections que je lui opposais. Enfin, il voulut me conduire lui-même à sa ferme. Nous visitâmes ensemble les bâtiments et une partie des terres du domaine; il me présenta à la veuve Michaud, — c'est ainsi que s'appelle la fermière, — et à ses enfants; il me ramena chez lui à Louhans, en ne cessant de me prêcher et de me dire de bien réfléchir à ses propositions.

« Il y a à peu près trois mois que cette visite a eu lieu; j'y suis retourné plusieurs fois depuis, soit seul, soit avec ton frère Gaspard. Bref, j'ai tout examiné avec attention, j'ai consulté plusieurs personnes sages et de bon conseil, j'ai mûrement réfléchi, et j'ai reconnu que la proposition de M. Berthoux ne pouvait que nous être avantageuse sous tous les rapports; en conséquence, il s'est chargé lui-même de faire les démarches nécessaires auprès de la veuve Michaud. Les arrangements ont été bientôt conclus, et je viens t'annoncer que de mardi en huit j'épouserai la veuve Michaud. Le même jour, ta sœur se mariera avec le fils, et ton frère Gaspard avec la fille Michaud ; ainsi maintenant tu auras une mère, une sœur et un frère pour remplacer ceux que tu as perdus. Eh bien, qu'en dis-tu, ma petite Périnette? »

J'étais à mille lieues de m'attendre à une pareille conclusion, et je me trouvai fort embarrassée de répondre à la question de mon père. Je baissai les yeux en gardant le silence, et mon père réitéra sa question en ajoutant : « Ne seras-tu pas bien aise d'avoir une maman ainsi qu'un frère et une sœur de plus? »

Forcée de répondre, je balbutiai ces mots à voix basse : « Je n'en sais rien, puisque je ne les connais pas.

— Eh bien, ma fille, tu apprendras bientôt à les connaître, car tu viendras à la triple noce avec ta tante. En attendant, ma sœur, ajouta-t-il en s'adressant à ma tante, vous ferez à Périnette une robe neuve pour ce jour-là, et elle quittera désormais le deuil qu'elle a porté, il me semble, au delà du temps ordinaire.

— Oh! dit ma tante, c'était pour lui faire user ses robes noires; car, comme elle grandit beaucoup, c'eût été dommage de mettre au rebut des robes qui n'auraient pu dorénavant lui servir, pas même pour aller à un enterrement. »

Ces idées de robe neuve, de noce, et par conséquent de fête, me rendirent promptement ma gaieté. A l'âge où j'étais, le chagrin n'a pas de profondes racines, et il faut peu de chose pour l'arracher. Non que je ne conservasse toujours un pieux et tendre souvenir de ma bonne Louise, de mon frère aîné, de ma mère surtout; mais il y avait plus d'un an qu'ils étaient morts, et la douleur des premiers instants était depuis longtemps calmée. Je me mis donc à causer avec mon père avec ma familiarité d'autrefois. Il en parut enchanté, me prit sur ses genoux, et me prodigua ces caresses auxquelles je n'étais plus accoutumée depuis la mort de ma mère. Il s'était peut-être attendu que l'annonce de son mariage m'eût plus attristée qu'elle ne le faisait en effet, et il regardait ma gaieté comme une approbation tacite de la grande nouvelle qu'il venait de m'apprendre. En s'en allant, mon père nous annonça que mes deux plus jeunes frères viendraient nous chercher dans sa carriole, la veille de la cérémonie, pour nous conduire à Jalandrey.

CHAPITRE II

MA TANTE TOUCHARD

Le lendemain, en allant à l'école, je ne manquai pas de raconter à mes camarades que j'allais bientôt aller à la noce de mon père, de mon frère et de ma sœur, qui tous trois se mariaient le même jour. Toutes mes camarades me félicitèrent, à l'exception d'Adèle Drouart, l'une de mes meilleures amies. « Pour moi, me dit-elle d'un air de compassion, je suis loin de te féliciter, ma pauvre Périne.

— Et pourquoi? fis-je d'un air inquiet.

— Mon Dieu, ma petite, parce que tu vas avoir une belle-mère, et que jamais les enfants ne sont heureux avec une belle-mère. Tiens, voilà Jeannette Picard, tu la connais, c'est une excellente fille; eh bien, son père s'est remarié, et elle souffre le martyre avec sa belle-mère. Et les petites Labriche, qui ont aussi une belle-mère, en ont-elles à endurer de toutes façons !

— Mon père ne m'a pas dit que la femme qu'il épousait serait une belle-mère, mais qu'elle serait tout à fait comme une mère véritable, et que ses enfants seraient mes frère et sœur.

— Oui, crois cela, pauvre enfant, et bois de l'eau ! Va, va, toutes les belles-mères se ressemblent, et je ne pense pas que ton père en ait fait fabriquer une exprès pour toi. »

Ces paroles d'Adèle, en qui j'avais toute confiance, parce qu'elle avait un an de plus que moi et qu'elle était plus instruite, remplirent mon âme de tristesse. Ma tante s'en aperçut quand je rentrai à la maison, et me demanda ce que j'avais. Je lui racontai aussitôt ce que venait de me dire Adèle : « Et de quoi se mêle Mlle Drouart ? dit ma tante d'un ton mécontent; c'est une bien ridicule prétention de la part d'une enfant de son âge de parler ainsi de gens qu'elle ne connaît pas, et de se permettre de trancher des questions hors de sa portée. Mais ce qui m'étonne également, c'est que toi, que je croyais plus raisonnable, tu écoutes les rêveries d'une petite fille de onze ans, qui ne connaît pas la personne dont elle parle, plutôt que les paroles graves de ton père, qui, lui, connaît cette personne, et qui ne l'épouse uniquement que parce qu'il a la conviction qu'elle aura pour ses enfants la tendresse d'une véritable mère. »

Ma tante continua longtemps à me parler dans ce sens, afin de me rassurer et de tâcher d'effacer les impressions fâcheuses qu'avaient produites en moi les paroles d'Adèle. Elle m'apprit alors que, dès qu'il avait été question de ce mariage, mon père s'en était entretenu en particulier avec elle, et qu'elle-même, après avoir pris les informations les plus scrupuleuses, avait été la première à le lui conseiller, dans l'intérêt de nous tous. Elle ajouta que, du reste, il avait été convenu que je continuerais à résider chez elle jusqu'à ce que j'eusse terminé mon apprentissage.

Ces explications de ma tante me rassurèrent un peu, sans détruire toutefois entièrement l'effet des paroles d'Adèle. Ce qui me fit le plus de plaisir, ce fut d'apprendre que dans tous les cas je ne serais pas obligée d'aller habiter de sitôt avec ma future belle-mère. D'ici là, pensai-je, je saurai bien à quoi m'en tenir sur son compte.

Le lendemain, ma tante ne me laissa pas retourner à l'école, sous prétexte qu'elle avait besoin de moi pour l'aider à faire ma robe et aux autres préparatifs de voyage; mais c'était plutôt, à ce que j'ai toujours pensé, pour m'empêcher de revoir Adèle, qui eût encore cherché à me monter la tête au sujet de ma belle-mère.

Au jour indiqué, mes jeunes frères Joseph et Lucien arrivèrent de très-bonne heure avec la carriole, et nous pressèrent de partir, car nous devions être rendus le soir à Jalandrey, et la distance est de trente à quarante kilomètres ; de plus il fallait nous arrêter en passant au Grand-Champ pour prendre quelques paquets, qui n'avaient pu trouver place sur les autres voitures.

Nous partîmes, et une demi-heure après nous arrivions au Grand-Champ. C'était la première fois que je rentrais dans cette maison depuis que la mort l'avait si cruellement visitée. Oh ! comme mon cœur se serra en approchant de cette demeure, au seuil de laquelle je croyais voir encore ma mère et ma bonne Louise me sourire et me tendre les bras, comme autrefoi quand je rentrais de mes promenades dans la prairie voisine! Mais aujourd'hui quel silence! quelle désolation! J'entrai dans l'intérieur, je parcourus toutes les chambres; tous les meubles avaient été enlevés, pour être transportés dans la nouvelle résidence de ma famille. Je m'agenouillai à la place qu'occupait le lit de ma mère pendant sa dernière maladie, et les yeux fixés vers l'endroit de la muraille où avait été suspendu un crucifix, qui y avait marqué sa trace par la forme d'une croix blanche, tracée et ressortant sur la couleur grisâtre et enfumée du reste du mur, je priai avec ferveur et en versant d'abondantes larmes. Ma tante fut obligée de m'appeler à plusieurs reprises, et mes frères se fâchèrent presque du retard que j'allais occasionner.

Enfin, nous montâmes en voiture et nous nous remîmes en route. La carriole était chargée de plusieurs ballots de linge assez lourds, que nous venions de prendre au Grand-Champ; d'un autre côté, les chemins n'étaient pas très-bons, de sorte que notre cheval, quoique très-fort, ne put aller qu'au pas, et nous n'arrivâmes à Jalandrey qu'à une heure assez avancée de la nuit. Fort heureusement encore mon père et le fils Michaud, inquiets de notre retard, étaient venus à notre rencontre; car mes jeunes frères, qui connaissaient peu le pays, couraient grand risque de s'égarer.

Ma sœur Agathe et ma future belle-mère nous attendaient. Agathe, en m'apercevant, me prit dans ses bras et me couvrit de baisers, tandis que ma tante et sa future belle-sœur faisaient échange de civilités; puis Agathe me présenta à celle-ci en disant : « Maman, voilà une fille de plus qui vous arrive; allons, Périne, embrasse notre nouvelle mère. » Comme j'hésitais et paraissais embarrassée, Mme Michaud reprit en souriant d'un air bienveillant : « Je ne le suis pas encore; d'ailleurs, il faut que nous fassions un peu connaissance avant qu'elle me donne ce titre; en attendant, embrassons-nous comme de bonnes amies. »

En disant ces mots, elle m'embrassa tendrement; mais moi, au lieu de répondre à ses caresses, je me mis à fondre en larmes, et même à sangloter. Il me serait difficile d'expliquer la cause de cette explosion soudaine de tristesse, qui parut impressionner péniblement la veuve. « Qu'avez-vous donc, mon enfant? me demanda-t-elle avec intérêt; qui peut vous occasionner un si grand chagrin? » Ma sœur, de son côté, me pressait de questions, et pour toute réponse je redoublais mes sanglots. Enfin, ma tante intervint fort heureusement pour me tirer d'embarras; elle raconta la visite que j'avais faite le matin même à notre ancienne habitation, où je n'étais pas retournée depuis la mort de ma mère; l'impression pénible qu'avait produite sur moi la vue de ces lieux; la douleur que j'avais ressentie en entrant dans la chambre où ma mère était morte. Elle ajouta que cette visite m'avait rendue triste pendant tout le reste du voyage; que je n'avais cessé toute la journée de parler de ma mère, de mon frère et de ma sœur défunts; que je m'étais endormie dans la voiture à la tombée de la nuit, et que je ne m'étais réveillée qu'en arrivant à Jalandrey; que pendant mon sommeil j'avais probablement rêvé encore aux personnes qui avaient tout le jour occupé ma pensée, car j'avais plusieurs fois prononcé leurs noms en dormant; qu'il n'était donc pas étonnant que, réveillée au milieu de ces préoccupations de l'esprit, j'eusse éprouvé une vive émotion en entendant ma sœur donner le nom de mère à une personne dont la figure lui était inconnue. « Enfin, dit ma tante en terminant, il faut aussi lui tenir compte de la fatigue qu'elle a éprouvée, en passant plus de douze mortelles heures à être cahotée dans une voiture fort peu suspendue; pour ma part, moi qui suis plus forte qu'elle, j'en ai les membres rompus, et j'aspire au moment de me reposer dans un lit. Eh bien! maintenant parle, Périne, n'est-ce pas là ce qui t'a fait pleurer? »

Ce que venait de dire ma tante était bien

l'expression de mes pensées, mais l'expression affaiblie; car si elle eût pu lire dans mon cœur, elle y aurait vu que j'éprouvais une répugnance invincible, et que je regardais presque comme une profanation de donner ce nom si doux de mère, qui ne peut appartenir qu'à une seule personne, à celle qui vous a donné le jour, de le donner, dis-je, à une étrangère que je voyais pour la première fois. Mais, comme on le pense bien, je n'eus garde de ratifier dans ce sens les explications de ma tante; je m'empressai, au contraire, de les approuver en entier, par un « oui, ma tante, » prononcé bien bas en réponse à sa dernière question, et en la remerciant du regard.

« Pauvre enfant, dit alors Mme Michaud d'un ton pénétré, cela prouve en faveur de son cœur. Oh! oui, ma petite, tu as raison de pleurer ta mère, car une mère ne se remplace jamais. Aussi je n'ai pas la prétention de remplacer ni de te faire oublier la tienne; je ne te demanderai pas non plus de m'aimer comme tu aimais ta mère, je sais que cela est impossible; mais moi, je t'aimerai tant, que tu m'accorderas bien un peu d'affection en retour; c'est là tout ce que j'attends de toi. Je ne veux pas que ton père ni personne t'ordonne de m'aimer, je veux seule gagner ton amitié. »

Le ton de sensibilité vraie avec lequel elle prononça ces mots me toucha profondément. Pour la première fois mes yeux se fixèrent sur les siens, et je me sentis attirée vers elle par un mouvement sympathique. Elle s'en aperçut, et me tendit les bras; je m'y précipitai à l'instant. Elle m'embrassa avec tendresse, je lui rendis ses caresses, et dès ce moment la glace fut rompue entre nous.

Je ne vous décrirai pas les fêtes qui suivirent le triple mariage, et qui durèrent plusieurs jours. Elles se terminèrent par un retour de noces que M. Berthoux, le propriétaire du domaine, donna aux trois nouveaux couples, dans son château de Jalandrey. C'était la première fois que je voyais une riche habitation, meublée avec ce luxe et cette élégance qui n'appartiennent qu'aux classes privilégiées. Mes yeux furent éblouis de ces glaces, de ces lustres, de toutes ces brillantes merveilles qui resplendissaient dans les salons, et dont j'ignorais même les noms. Cette magnificence splendide fit une singulière impression sur ma jeune imagination, et ne fut peut-être pas sans exercer une certaine influence sur la détermination que je pris plus tard.

Nous ne restâmes que dix jours à Jalandrey. Pendant tout ce temps, et même au milieu du tumulte des fêtes, ma belle-mère ne cessa de me donner les témoignages de la plus vive tendresse. J'en étais réellement touchée, je lui en marquais toute ma reconnaissance, et cependant, chose assez bizarre, jamais je ne pus l'appeler ma mère. Plusieurs fois j'essayai de prononcer ce nom, et toujours il me semblait qu'une force invincible l'arrêtait sur le bord de mes lèvres. Elle s'en apercevait bien, et ne m'en faisait pas plus mauvaise mine. Un jour, ma sœur m'ayant reproché devant elle de ne pas l'appeler maman : « Laissez-la faire, répondit-elle en riant; quand elle sera convaincue que je l'aime comme une mère, elle m'en donnera d'elle-même le nom. » Enfin, nous nous séparâmes les meilleures amies du monde, et je retournai avec ma tante à Sellières.

Mon voyage et mon séjour à Jalandrey furent pendant longtemps le sujet de mes entretiens avec mes compagnes. Je leur décrivais en détail les fêtes auxquelles j'avais assisté, je racontais les merveilles du château de Jalandrey, et surtout je parlais avec enthousiasme de la bonté et de l'affabilité de ma belle-mère.

« Allons, dit Adèle en souriant d'un air ironique, je suis enchantée que tu sois contente de ta belle-mère; faut croire, comme je le disais, que ton père en a commandé une tout exprès pour toi, car elles sont rares les belles-mères de ce numéro; c'est un phénomène qu'on voit rarement, ou plutôt qu'on ne voit jamais.

— Eh bien, moi je l'ai vu ce phénomène, repris-je d'un ton un peu piqué, et je puis dire que pendant tout le temps que j'ai passé auprès d'elle je n'ai eu qu'à m'en louer.

— C'est bien étonnant, vraiment! il n'aurait plus manqué qu'elle choisît le moment des fêtes pour te montrer ses griffes; mais, si tu étais restée plus longtemps avec elle, je te garantis qu'elle ne t'aurait pas toujours fait patte de velours. La première fois que tu y retourneras, tu m'en diras des nouvelles.

— Oh! je ne la verrai pas de sitôt, puisqu'il est convenu que je dois rester avec ma tante jusqu'à l'âge de quatorze à quinze ans, et je n'en ai encore que dix.

— Tant mieux pour toi, vous vous aimerez toujours mieux de loin que de près; et au moins, quand tu seras obligée de retourner auprès d'elle, te seras assez grande pour lui tenir tête si elle veut par trop faire la méchante. »

Malgré moi, ces paroles d'Adèle me faisaient impression. Si pourtant ce qu'elle dit était vrai, je serais bien malheureuse, me répétais-je souvent. Un jour je demandai à Jeannette Picard, qui se plaignait comme d'habitude de sa belle-mère, si elle avait toujours été aussi méchante à son égard : « Oh! que non, me répondit-elle; dans les commencements c'était tout sucre et tout miel; mais ça s'est bientôt changé en absinthe et en fiel. » Les petites Labriche, qui étaient mes camarades d'école, me firent une réponse à peu près semblable en parlant de leur belle-mère. Allons, pensai-je, je ne ferai peut-être pas une exception; mais bah! dans tous les cas, ce n'est pas de sitôt que j'aurai à me plaindre de la mienne. D'ici là il se passera peut-être bien des choses...

A dix ans, l'avenir ne préoccupe guère;

aussi mon esprit ne tarda pas à se calmer ; je cessai de parler de ma belle-mère avec mes camarades ; et ma bonne tante , àqui j'avais fait part de mes nouvelles inquiétudes, n'eut pas de peine à les dissiper en les traitant de chimères, et surtout en me répétant que dans tous les cas, s'il arrivait par la suite, ce qu'elle ne prévoyait pas, que j'eusse à souffrir quelque chose de la part de sa belle-sœur, je trouverais toujours chez elle un ásile pour me recevoir et un cœur de mère pour m'aimer.

Oh ! pour cela j'en étais bien sûre, et c'était ce qui faisait ma sécurité. Je savais que ma tante m'aimait avec la tendresse d'une mère; qu'elle ne songeait qu'avec effroi au moment où elle serait obligée de se séparer de moi; et que mon père, qui aimait beaucoup sa sœur, avait en quelque sorte pris l'engagement, lors de notre séjour à Jalandrey, de me laisser auprès d'elle aussi longtemps qu'elle le voudrait, même au delà du terme primitivement fixé, si cela lui convenait. Aussi dans le fond n'était-elle pas fâchée du peu de disposition qu'elle me voyait à m'attacher à ma belle-mère, malgré les prévenances que celle-ci m'avait témoignées; c'est ce qui explique l'indifférence avec laquelle elle prit cette fois les insinuations d'Adèle Drouart à l'égard de ma belle-mère, et c'est ce qui explique encore ce nouveau témoignage de son affection, cette offre d'un asile dans le cas où s'accomplirait une éventualité que sans cela elle m'eût présentée comme impossible.

Du reste, la tendresse de ma tante pour moi n'était pas payée d'ingratitude; j'avais reporté sur elle toute l'affection que j'avais autrefois pour ma mère. Et comment n'aurais-je pas aimé une parente si bonne, si désintéressée, si prévenante? Jamais je n'ai éprouvé de sa part la moindre contrariété, jamais je n'ai ressenti une peine qu'elle ne l'ait soulagée, jamais je n'ai formé un désir qu'elle ne l'ait satisfait.

Son seul défaut, que j'étais loin alors de lui reprocher, mais dont j'ai senti plus tard les funestes effets, a été d'avoir pour moi trop d'indulgence, en un mot de m'avoir trop gâtée. Avais-je un caprice, une fantaisie souvent ridicule, elle me faisait d'abord une observation raisonnable, à laquelle je me rendais quelquefois. D'autres fois je persistais; et, si ma tante ne le cédait pas, je me mettais à bouder; j'étais sûre alors de vaincre sa résistance. C'était un tort de sa part, car elle m'a laissé contracter ce vilain défaut de bouder, dont je ne me suis corrigée qu'après en avoir éprouvé de pénibles désagréments. Cependant, je dois le dire pour la justifier, au risque de paraître vouloir donner de moi une opinion trop avantageuse, les fantaisies ou les caprices dont je parle n'avaient jamais pour objet que des choses futiles, de véritables enfantillages; s'il se fût agi de choses sérieuses, ou qui eussent porté la moindre atteinte aux règles du devoir, elle eût été inflexible, et ni bouderie ni humeur n'auraient pu la faire céder. Il est vrai que jamais il ne m'est venu à l'esprit de manifester des désirs de cette nature, parce que ma tante, continuant les leçons que j'avais reçues de ma mère dès le bas âge, m'avait élevée dans les principes d'une morale sévère, fortifiée par les préceptes de la religion qu'elle m'avait appris à pratiquer plus encore par son exemple que par ses instructions. Grâce à Dieu, j'ai conservé intact ce dépôt de la foi, qui a été ma sauvegarde au milieu des dangers auxquels j'ai été exposée plus tard, et ce n'est pas là le moindre titre à la reconnaissance que je devrai éternellement à ma mère d'abord, et ensuite à ma bonne tante qui l'a si dignement remplacée.

CHAPITRE III

MA BELLE-MÈRE

Je suis restée cinq ans avec ma tante. Ce temps, signalé par ma première communion, la réception du sacrement de confirmation, et les autres actes qui m'ont en quelque sorte initiée à la vie chrétienne, a laissé dans mon esprit des souvenirs ineffaçables. Heureuse, insouciante de l'avenir, j'ai vu passer cette période de mon adolescence avec une incroyable rapidité.

Pendant ces cinq années, mes relations avec ma famille furent beaucoup plus rares que quand elle habitait le Grand-Champ; mon père et mes frères venaient seulement à Sellières une fois ou deux par an, à l'époque des foires, et ma tante et moi nous allions une fois par an à Jalandrey, le jour de la fête de ce village. Durant ces courtes visites, je trouvai toujours ma belle-mère aussi prévenante, aussi aimable envers moi qu'elle l'avait été dès notre première entrevue. Cependant je ne répondais qu'avec une certaine réserve à ses avances. Était-ce, en effet, de la prévention que m'inspirait son titre de belle-mère, ou bien était-ce l'effet de mon caractère naturellement un peu froid, qui me porte à donner difficilement mon affection ? Je ne saurais le dire ; tout ce que je sais, c'est que ma sœur m'en faisait souvent des reproches. Si je lui citais les propos d'Adèle Drouart, et surtout l'exemple de Jeannette Picard et des petites Labriche, elle me répondait : « Eh bien ? qu'est-ce que cela prouve ? Qu'il y a de mauvaises belles-mères, et qui en doute ? il y a même de mauvaises mères. Il est vrai que celles-ci sont plus rares que les autres ; mais cela n'empêche pas qu'il peut exister et qu'il existe parmi les premières de très-heureuses exceptions, et dans ce nombre on peut compter en toute assurance l'épouse qu'a choisie notre père. Mes trois frères peuvent te le dire comme moi : notre belle-mère ne met aucune différence entre nous et ses propres enfants ; et si par hasard il lui arrive d'en mettre, c'est le plus souvent pour montrer une préférence, je dirais presque une partialité marquée à notre égard. »

Ces paroles d'Agathe ne parvenaient pas à me convaincre, et je lui répondais : « Il n'y a rien d'étonnant que Gaspard et toi vous n'ayez pas à vous plaindre d'elle : vous avez épousé ses enfants, vous êtes entrés plus intimement dans sa famille ; et elle ne pourrait te montrer à toi ni à Gaspard de mauvais vouloir sans blesser en même temps son propre fils qui est ton mari, et sa fille qui est la femme de Gaspard. Quant à mes jeunes frères, ils n'ont pas, il est vrai, non plus à se plaindre d'elle ; mais cela n'a rien d'étonnant ; ils n'ont, pour ainsi dire, aucune relation avec elle. Ils sont toute la journée occupés avec mon père ou avec Gaspard et ton mari, et ils ne rentrent à la maison qu'aux heures du repas du soir et pour se coucher. Ce n'est pas comme une fille ; comme moi, par exemple, qui serais obligée de garder la maison toute la journée, et d'être à ses ordres du matin au soir. Cela va très-bien maintenant que je ne suis ici qu'en passant, et pendant deux ou trois jours seulement ; mais, s'il me fallait y rester à demeure, je n'y serais pas quinze jours que je l'entendrais me parler avec ce ton impérieux que je lui connais et que je l'ai entendue prendre hier encore avec Madeleine.

— Que tu es injuste, ma chère Périne! répéta ma sœur ; peux-tu te comparer à une fille de basse-cour comme Madeleine, créature grossière, paresseuse et sans intelligence, à qui il faut parfois commander d'un ton sévère pour en être obéi? car tu as dû remarquer que si notre mère a pris ce ton avec elle, ce n'a été qu'après avoir épuisé tous les moyens de douceur pour lui faire exécuter l'ouvrage qu'elle avait à faire. La mère de cette fille, qui n'était ni sa belle-mère ni sa maîtresse, ne la faisait obéir le plus souvent qu'en la frappant soit avec la main, soit avec le pied, souvent même avec un bâton; et, quand elle l'a amenée ici, voici en quels termes elle l'a recommandée : « Écoutez, maîtresse Robichon, ma fille Madeleine est capable de faire toute votre besogne, si elle y prend cœur; seulement elle a par moments des accès de fainéantise qui lui prennent comme ça tout d'un coup, mais qu'il est très-facile de faire passer avec un manche à balai appliqué deux ou trois fois sur le dos. Je vous ai dit son seul défaut, et en même temps la recette pour le guérir. » Eh bien, malgré cette recommandation de la mère, jamais la maîtresse Robichon n'a usé de la recette; elle s'est contentée, quand l'occasion s'en est présentée, d'employer un ton sévère pour être obéie de cette fille, et jusqu'ici ce moyen a parfaitement réussi, fort heureusement, car elle n'aurait jamais voulu recourir à l'autre, malgré l'autorisation qu'elle en avait reçue. Quant à toi, ma chère Périne, je suis persuadée que, si tu restais ici à demeure fixe, tu serais bientôt revenue de la funeste prévention que, je ne sais ni pourquoi ni comment, tu as conçue contre notre belle-mère.

— C'est possible, répondis-je d'un air insouciant; mais au fond cela m'est assez indifférent, car j'espère bien ne pas en faire de sitôt l'expérience. »

Je devais la faire, cette expérience, bien plus tôt que je ne m'y attendais. Quelques jours après notre retour de notre dernier voyage à Jalandrey, où avait eu lieu la conversation que je viens de rapporter, ma tante fut attaquée d'une violente fluxion de poitrine, qui en neuf jours la mit au tombeau. Mon père, que j'avais fait prévenir par un exprès, d'après le conseil du médecin lorsqu'il avait reconnu le danger, arriva avec Lucien, le plus jeune de mes frères, le jour même de la mort de ma pauvre tante, et quelques heures seulement avant qu'elle expirât. Elle eut encore le bonheur de reconnaître son frère, et de lui témoigner par quelques mots sortis du cœur combien sa présence lui apportait de consolations à ses derniers moments.

Je n'essaierai pas de peindre la douleur que me causa cette perte ; elle renouvelait celle que j'avais éprouvée à la mort de ma mère, augmentée encore par cette circonstance qu'étant plus avancée en âge j'étais plus en état de comprendre mon malheur. Mon père aussi était désolé; car il avait toujours tendrement aimé sa sœur, et son affliction redoublait la mienne.

Après la cérémonie funèbre, nous partîmes pour Jalandrey. Quel triste voyage! A la douleur que me causait la mort de ma tante se joignait la perspective de me trouver désormais sous la puissance directe de ma belle-mère, idée qui m'avait toujours répugné, et qui maintenant me causait une sorte d'effroi. Si cependant quelque chose eût été capable de me guérir de mon injuste prévention, ce fut l'accueil que je reçus de cette digne femme à notre arrivée à la ferme. Aujourd'hui que mes yeux se sont ouverts, je ne puis m'empêcher de proclamer qu'elle me reçut avec une prévenance, une délicatesse, une sensibilité, qui auraient dû me toucher profondément, et qui ne firent sur moi qu'une faible impression.

Pendant les premiers temps que je passai à Jalandrey, sa conduite ne se démentit pas, ni ma froideur non plus. Mon père s'en aperçut et voulut m'en adresser des reproches ; elle l'en détourna, en attribuant à la tristesse que me causait la perte récente d'une personne bien-aimée le peu de disposition que je montrais à répondre à ses avances. J'appris cette circonstance par Agathe, qui, elle, avec l'autorité que lui donnaient sur moi son âge et son expérience, m'adressa de sévères réprimandes sur ma manière d'agir envers notre belle-mère. Elle me fit sentir l'injustice de ma conduite ; elle fit appel à mes sentiments religieux, avec lesquels elle ne comprenait pas que je pusse allier l'espèce d'aversion et de haine que je montrais à une personne honorée et digne de l'affection de notre père, et qui à ce titre seul avait des droits à notre respect et à notre amour, qu'elle méritait d'ailleurs par ses qualités personnelles.

Je sentais la justesse de ses observations; je n'essayai pas de les réfuter, et je me contentai de répondre que je n'avais ni haine ni aversion contre ma belle-mère; que je rendais toute justice à ses bonnes qualités, que je l'estimais et l'aimais comme mon prochain, mais que je n'étais pas maîtresse des affections de mon cœur, et qu'il ne m'était pas possible d'avoir pour elle une tendresse égale à celle que je portais à ma véritable mère et à ma tante. « Peut-être, ajoutai-je, cela viendra-t-il avec le temps; en attendant, je ferai tous mes efforts pour vaincre cette antipathie bien involontaire de ma part.

— Tâche d'y réussir, reprit ma sœur, autrement tu pourrais finir par irriter mon père, et tu t'attirerais de fâcheux désagréments. »

Cette dernière considération, à laquelle j'avais déjà pensé, me détermina à m'observer désormais avec plus de soin. J'apportai dans mes relations avec ma belle-mère moins de roideur et plus d'égards; j'en fus immédiatement récompensée par la satisfaction que m'en témoigna mon père, et surtout par une faveur que je désirais depuis longtemps, et qui me fut accordée sur-le-champ.

Ma sœur était sur le point d'accoucher de son second enfant. J'aurais bien voulu en être la marraine; mais mon père et ma tante ayant tenu sur les fonts baptismaux son premier enfant, il avait été convenu que pour le second cet honneur reviendrait à l'oncle Michaud, frère du premier mari de ma belle-mère, et à celle-ci, grand'mère du nouveau-né. Cet arrangement était si naturel, qu'en l'apprenant j'en avais pris mon parti, et je n'avais pas insisté; mais, en me voyant revenir à son égard à des manières et à des sentiments plus affectueux, ma belle-mère résolut de m'accorder la faveur que j'avais paru si ardemment désirer, et elle m'offrit d'être à sa place marraine de son petit-enfant, « si toutefois, ajouta-t-elle, cela pouvait me faire plaisir. — Oh! oui, maman, m'écriai-je avec transport, cela me fera un bien grand plaisir, et je vous en remercie de tout mon cœur. »

C'était la première fois que je faisais entendre distinctement et avec un certain élan parti du cœur ce mot de *maman* en m'adressant à elle; jusque-là j'avais eu soin d'éviter autant que possible de prononcer ce mot, ou bien, quand j'y étais en quelque sorte forcée, je ne laissais sortir de mes lèvres qu'un son sourd et inintelligible, qui pouvait aussi bien passer pour le mot de *madame* que pour celui de *maman*, mal articulé. C'était là une des choses qui lui faisaient le plus de peine, et elle s'en était plus d'une fois plainte à sa bru, mais jamais à mon père. Mais cette fois, quand elle m'entendit lui adresser franchement et nettement ce nom si doux aux oreilles d'une mère, elle s'écria, en poussant un soupir de satisfaction : « Ah ! enfin ! » puis elle m'embrassa tendrement. Je lui rendis ses caresses, non sans garder encore une certaine réserve, mais de manière cependant à remplir de joie les membres de la famille témoins de cette scène. Ma sœur surtout était heureuse, et, quand nous nous trouvâmes seules, elle m'embrassa avec effusion en me disant : « Oh ! si tu savais de quelle joie tu viens d'inonder mon cœur ! »

J'étais presque honteuse de ces démonstrations, parce qu'au fond il me semblait que je ne les méritais pas. Non que j'eusse à me reprocher d'avoir agi avec hypocrisie : l'élan de mon cœur avait été vrai et spontané ; c'était un témoignage de reconnaissance, et rien de plus ; mais je m'étais laissé peut-être entraîner plus loin que je ne l'aurais voulu, ou plutôt on avait attaché à ce mouvement presque involontaire plus de portée qu'il n'en avait ; car, en réalité, je ne me sentais pas au fond plus disposée à aimer ma belle-mère qu'auparavant. Cependant, après ce qui venait d'arriver, il m'était impossible, sous peine de passer pour une ingrate et un mauvais cœur, de lui témoigner la même froideur qu'autrefois.

Nous parûmes donc, à compter de ce moment, les meilleures amies du monde, et le baptême, qui eut lieu peu de temps après, semblait devoir encore resserrer notre union. Ce fut pourtant une des causes qui ne tardèrent pas à l'altérer. Ma sœur avait donné le jour à une fille; je voulais, en ma qualité de marraine, qu'elle portât le nom de Périne; mais il avait été décidé depuis longtemps qu'on l'appellerait Françoise, du nom de sa grand'mère. Je me récriai, je déclarai que, si on ne lui donnait pas mon nom, je ne voulais plus être sa marraine. Pour me contenter on convint de l'inscrire sous le nom de Périne-Françoise. Cela me satisfit, persuadée que le premier de ces noms serait le seul qui lui serait habituellement donné. Mais quel fut mon désappointement lorsque, après la cérémonie, mon père, celui de l'enfant, sa mère, mes frères et jusqu'aux domestiques, lorsqu'ils parlaient de ma filleule, ne l'appelaient jamais que la petite Françoise! Ma belle-mère seule, voyant que cela me contrariait, proposa de l'appeler Périne. « Non, dit mon père, cela pourrait faire dans la suite une confusion de noms entre la tante et la nièce; ce serait là, j'en conviens, un léger inconvénient; mais nous sommes convenus depuis longtemps que la première fille qu'aurait Agathe porterait le nom de Françoise en souvenir de sa grand'mère, comme son premier garçon a reçu le nom de Louis, qui est le mien; et cette décision sera maintenue. »

Il n'y avait rien à objecter contre cet arrêt formel de mon père. J'en fus vivement contrariée. Forcée de me soumettre, j'eus recours à mon ancien moyen de témoigner mon mécontentement, c'est-à-dire que je me mis à bouder. Mais je n'avais plus ici affaire à ma bonne tante, et personne ne parut faire attention à ma mauvaise humeur. De dépit, je refusai de manger, en disant d'un ton bourru que je n'avais pas faim. J'entendis ma belle-mère, qui paraissait s'en inquiéter, dire tout bas à Agathe de m'engager à prendre quelque chose. « Non, dit mon père en élevant la voix, qu'Agathe s'en garde bien; je le lui défends. Rien n'est plus dangereux que de manger sans appétit; d'ailleurs, ajouta-t-il d'un ton railleur, qui me fit rougir de dépit, la diète est un remède souverain contre toute espèce de mauvaise humeur. »

La bouderie est un bien vilain défaut, contre lequel, mes enfants, je ne saurais trop vous engager à vous mettre en garde; mais de toutes les manières de bouder la plus sotte, la plus niaise est, à mon avis, celle qui consiste à *bouder contre son ventre,* comme on dit vulgairement. J'en ai fait plusieurs fois, à l'époque dont je parle, l'expérience à mes dépens, et je rougis aujourd'hui quand je pense à quels excès ridicules peut nous entraîner ce malheureux défaut né de la sottise et de l'orgueil.

Enfin, mon estomac se lassa de souffrir des caprices de ma mauvaise tête; il fallut me résoudre à demander de la nourriture. C'était en dehors de l'heure des repas, et, n'osant pas m'adresser à ma belle-mère, ni à ma sœur Agathe, j'allai trouver Madeleine, la fille de basse-cour. « Tiens, me répondit-elle de son ton le plus bourru, qu'est-ce que vous me demandez? Je ne donne à manger qu'aux vaches, aux porcs et à la volaille. Cependant, ajouta-t-elle d'un air goguenard, et comme en se ravisant, j'ai encore quelques pommes de terre dans l'augée aux cochons; si le cœur vous en dit et que vous vouliez partager avec ces messieurs, vous en êtes bien la maîtresse tout de même; mais dépêchez-vous, car ces gaillards-là ne *boudent pas contre leur ventre*, je vous en préviens. »

Je sentis le rouge me monter à la figure en entendant l'impertinence de cette servante grossière, et je lui tournai le dos. Était-ce assez d'humiliation! Je m'entêtai à ne vouloir rien demander ni à ma belle-mère, ni à ma sœur Agathe, ni à ma belle-sœur, la femme de mon frère aîné, dont je n'ai pas encore parlé, quoique ce fût une excellente personne; mais j'avais peu de relations avec elle. J'attendis donc, quoique tombant d'inanition, l'heure du repas commun. Je m'assis silencieusement à ma place en baissant les yeux. Ma belle-mère me servit sans me faire la moindre observation ; personne ne m'adressa la parole, et ne sembla même remarquer ma présence à table. Ainsi ma bouderie et mon jeûne volontaire n'eurent d'autre résultat que de provoquer la plus complète indifférence de la part de tout le monde. C'était bien la peine vraiment de m'être donné tant de mal pour un pareil résultat !

CHAPITRE IV

UNE PROPOSITION INATTENDUE

La nuit porte conseil. Je n'avais pas besoin de réfléchir beaucoup, car, Dieu merci, je ne manquais pas de bon sens pour comprendre combien était ridicule le rôle de boudeuse, et tout ce qu'il a de pénible et de désagréable tant pour celle qui le remplit que pour les personnes avec lesquelles elle est obligée de vivre. Mais j'avais beau sentir et reconnaître mes torts, une mauvaise honte me retenait et m'empêchait de revenir franchement et ouvertement à une conduite raisonnable. J'y revins toutefois, mais comme en louvoyant et en tâtonnant ; cependant l'accueil bienveillant que je reçus, surtout de la part de ma belle-mère, dès que je me montrai mieux disposée, me décida tout à fait. Je repris mes travaux habituels, je me mis à causer comme à l'ordinaire ; on ne me dit pas un mot de ce qui s'était passé, on n'y fit pas la moindre allusion, pas plus qu'on n'avait fait d'attention à ma mauvaise humeur de la veille.

Tout alla assez bien encore pendant quelque temps. Je me mis même à travailler avec une certaine ardeur, que je n'avais pas encore montrée, aux ouvrages de couture qui m'étaient spécialement confiés ; car je ne me mêlais que bien rarement des travaux du ménage, et jamais de ceux de l'extérieur. Cette habitude sédentaire m'avait nécessairement conservé un teint plus frais et plus reposé que celui des autres personnes de la famille appartenant à mon sexe, et appelées souvent au grand air et à prendre part aux travaux des champs. De là, les habitants du village, en parlant de moi, m'appelaient la *demoiselle;* j'avais la sotte vanité d'être fière de ce titre, et de me croire effectivement un personnage plus important que ma sœur, ma belle-sœur, ma belle-mère elle-même, qui n'étaient à mes yeux que des paysannes.

On conçoit qu'avec un pareil sentiment je fusse de moins en moins disposée à écouter les remontrances qui pouvaient m'être faites par ces personnes, toutes plus âgées que moi, et ayant, à des degrés différents, une certaine autorité sur moi. Si ma sœur ou ma belle-sœur me faisaient quelques observations, je ne les écoutais pas, ou je leur répondais que je n'avais point d'ordres à recevoir d'elles ; si c'était ma belle-mère, je ne répondais rien, mais je n'en faisais ni plus ni moins, ou bien je recourais encore à ma bouderie habituelle.

Parfois j'éprouvais des chagrins dont il m'eût été bien difficile de dire la cause, car je ne la connaissais pas moi-même ; alors je passais une partie des journées à pleurer, à soupirer, à me dire que j'étais la plus malheureuse des créatures. Dans les commencements, quand ces accès de tristesse passagère me prenaient, mes sœurs et ma belle-mère s'en inquiétèrent; elles m'en demandèrent la raison, et cherchèrent à me consoler; mais voyant que je ne voulais pas répondre, ou bien que j'avouais ne pas savoir pourquoi je pleurais, elles cessèrent de s'en occuper, et n'y firent pas plus d'attention que quand je me livrais à mes bouderies.

Mon père, à qui l'on cachait le plus possible la plupart de mes accès de mauvaise humeur, n'avait pu toutefois ne pas en remarquer quelques-uns. Il avait d'abord gardé le silence, dans l'espoir que je me corrigerais; mais, voyant que je continuais, il m'adressa plusieurs fois des réprimandes sévères, même avec menaces d'employer au besoin des moyens de correction plus efficaces que des paroles.

Au lieu de reconnaître mes torts, j'avais la sottise de croire qu'on l'avait monté contre moi, et d'accuser ma belle-mère de m'avoir calomniée auprès de lui. C'est la ressource ordinaire des gens aveuglés par l'amour-propre; ils se posent en victimes de la calomnie d'ennemis imaginaires, tandis qu'ils n'ont de véritable ennemi qu'eux-mêmes.

On conçoit qu'avec un pareil caractère et de pareilles dispositions mes relations avec les membres de ma famille devenaient de jour en jour plus pénibles. Cet état de choses dura près de trois ans; je ne sais comment il se serait terminé, si une circonstance, importante n'était venue le changer brusquement et de la manière la plus imprévue.

Vers l'époque dont je parle, le fils de M. Berthoux, notre propriétaire, qui habitait Paris où il s'était marié récemment, vint avec sa femme passer la belle saison au château de Jalandrey. Quelques jours après leur arrivée, les jeunes époux, en se promenant, se dirigèrent du côté de la ferme. Je m'y trouvais seule, comme cela arrivait souvent dans la belle saison, tout le monde étant occupé dans les champs. Au moment où ils entrèrent dans la cour, je travaillais assise à l'ombre d'un gros tilleul planté à quelques pas de la porte principale. Je m'empressai de me lever en les apercevant; mais j'étais si émue ou si honteuse, que je restai immobile devant eux, sans oser leur adresser la parole.

« Bonjour, mon enfant, me dit le monsieur d'un air gracieux, vous êtes sans doute une des filles de maître Robichon?

— Oui, Monsieur, pour vous servir, répondis-je tout bas en faisant une révérence passablement gauche.

— Eh bien, reprit-il, ma femme désirerait se reposer un instant et boire une tasse de lait. »

Je n'avais pas eu la pensée de leur offrir d'entrer dans la maison; je m'empressai aussitôt de réparer cet oubli. « Oh ! merci, ma petite, dit la dame d'une voix douce comme celle d'un rossignol, nous resterons à l'ombre sous cet arbre ; tâchez seulement de nous procurer des chaises et une tasse de lait. »

Je m'empressai d'aller chercher des chaises, puis je courus à la laiterie chercher une jatte de lait frais. Quand elle en eut goûté, elle dit à son mari : « Oh ! quel lait délicieux ! Je voudrais bien en avoir de semblable tous les matins.

— Je pense que ce ne sera pas difficile ; qu'en dites-vous, mon enfant ?

— J'en parlerai à ma mère dès qu'elle sera de retour des champs, et demain elle vous en enverra au château la quantité que vous désirerez. »

Ils se mirent ensuite l'un après l'autre à me questionner sur mon nom, mon âge, sur la manière dont j'avais été élevée, etc. La jeune dame examina l'ouvrage auquel je travaillais : c'était une petite robe d'enfant en mousseline blanche pour ma filleule.

« C'est très-bien, dit-elle, après l'avoir attentivement regardé; on ne travaille pas mieux à Paris. »

Ce compliment, qu'elle me jetait à la tête sans peut-être y penser, me fit rougir d'orgueil et de plaisir. Après avoir encore causé pendant quelque temps de choses et d'autres, la dame se leva en disant : « Au revoir, petite; n'oubliez pas ma commission.

— Vous pouvez être sûre, Madame, qu'elle sera faite aussitôt après le retour de ma mère.

— Ah! à propos, j'oubliais..., qui m'apportera ce lait?

— Je pense que ce sera la fille de basse-cour, qui est chargée de traire les vaches.

— Est-ce que vous ne pourriez pas me l'apporter vous-même? cela m'arrangerait mieux, parce que je ne serais pas fâchée de causer encore avec vous.

— Ce sera avec beaucoup de plaisir, si ma belle-mère le permet, et elle le permettra bien certainement quand elle saura que Madame le désire. »

J'étais enchantée de cette belle dame qui m'avait fait un si joli compliment, et qui voulait encore causer avec moi le lendemain. Je la suivis longtemps des yeux quand elle s'éloigna, en me disant : Que peut-elle me vouloir? pourvu que ma belle-mère n'aille pas s'opposer à ce que je porte le lait au château; moi qui depuis si longtemps désire revoir ces beaux appartements que je n'ai aperçus qu'une fois il y a plus de cinq ans.

J'avais grand tort de m'inquiéter du refus que pourrait me faire la bonne femme. Dès qu'elle apprit le désir manifesté par Mme Jules (c'était ainsi qu'on appelait la jeune dame pour la distinguer de Mme Berthoux, la mère de son mari), elle en témoigna un grand contentement, et me dit : « Il ne faudra pas manquer d'y aller demain de bonne heure. »

Elle n'avait pas besoin de me faire cette

recommandation. Le lendemain matin j'arrivais au château longtemps avant l'heure du lever de Madame. J'attendis près d'une heure avant d'être introduite auprès d'elle; enfin la femme de chambre me fit entrer dans la chambre à coucher de sa maîtresse. Quoiqu'il fît au dehors un splendide soleil, le jour pénétrait à peine à travers d'épais rideaux de soie qui garnissaient les croisées; la dame était au lit, assise sur son séant, et vêtue d'une camisole blanche comme la neige et toute garnie de dentelles. Elle tenait à la main une tasse pleine du lait que je venais d'apporter; après l'avoir bu, elle dit en souriant : « Il est encore meilleur que celui d'hier. Bonjour, ma petite, vous êtes exacte, c'est très-bien; j'aime beaucoup l'exactitude. Voyons, asseyez-vous là, et causons. »

Je m'approchai timidement comme si j'avais craint de poser les pieds sur un magnifique tapis qui recouvrait le plancher, et qui était plus doux que de la mousse, et je m'assis sur le bord d'un tabouret qu'elle m'avait indiqué. Dès que j'eus pris place, sans autre préambule elle me dit : « Vous n'êtes pas très-heureuse avec votre belle-mère, on me l'a dit, est-ce vrai ? Voyons, soyez franche avec moi, c'est pour votre bien que je vous fais cette question. »

J'étais fort embarrassée de répondre, et je gardai le silence en soupirant. « Allons, reprit-elle, je vois qu'on m'a dit vrai. Elle est donc bien méchante envers vous cette mère Robichon, qui a pourtant une si bonne figure ? Mais c'est un peu l'histoire de toutes les belles-mères, et je ne vois pas pourquoi la mère Robichon ferait exception. »

Quoique je n'aimasse pas ma belle-mère, ma conscience se révolta en l'entendant accuser de méchanceté, et je me serais crue coupable de cette calomnie, si je l'avais approuvée par mon silence : « Madame, répondis-je, on a pu vous dire que je n'étais pas heureuse à la maison, cela est vrai ;

mais quant à accuser ma belle-mère de méchanceté, c'est ce que je n'ai jamais fait, ni ne ferai jamais, parce que ce n'est pas la vérité. Ma belle-mère n'a jamais été méchante envers moi; je reconnais même qu'elle m'a toujours montré beaucoup de bonté, et que je n'ai pas à me plaindre d'elle sérieusement.

— Mais vous venez d'avouer que vous n'étiez pas heureuse avec elle; comment cela se fait-il donc?

— Mon Dieu, Madame, cela me paraît assez difficile à expliquer. Pour vivre heureuse avec les gens, il ne suffit pas de ne pas avoir de griefs à leur reprocher, il faut encore avoir pour eux de... de...

— De la sympathie, de l'affection, reprit en souriant Mme Jules, qui voyait que je ne trouvais pas le mot.

— Oui, Madame, c'est cela, de la sympathie, de l'affection...

— Et vous n'en éprouvez pas pour votre belle-mère?

— Non, Madame ; mais ce n'est pas ma faute, je vous assure, et je serais bien heureuse si je l'aimais comme j'aimais ma pauvre mère ou seulement ma défunte tante ; mais enfin cela ne dépend pas de la volonté, d'aimer les gens ou de ne pas les aimer.

— C'est juste, dit en souriant Mme Jules ; mais en définitive vous n'en êtes pas moins malheureuse à la ferme, et vous ne seriez peut-être pas fâchée de la quitter ?

— La quitter ! m'écriai-je avec surprise et une sorte d'effroi, je n'y ai jamais pensé ; et où irais-je, grand Dieu ! je n'ai plus ma bonne tante de Sellières pour me recevoir.

— Mon enfant, à votre âge une fille sage et laborieuse n'est jamais embarrassée de trouver une bonne place. Tenez, moi par exemple, je vous porte un véritable intérêt, et si par hasard vous n'aviez pas de répugnance à entrer au service, je serais toute disposée à vous prendre au mien en qualité de femme de chambre. Voyons, cela vous irait-il d'être attachée à ma maison, et de m'accompagner à Paris? »

Je fus si étourdie de cette proposition imprévue, qui me semblait trop belle pour être sérieuse, que je répondis comme si je ne croyais pas à sa réalité. « Oh! Madame veut plaisanter, sans doute; que ferait-elle d'une fille comme moi? Je n'ai jamais quitté la campagne; je n'ai vécu qu'avec des paysans, et je serais bien embarrassée de servir dans une grande maison.

— Non, ma fille, reprit-elle d'un ton posé, je ne plaisante pas; c'est très-sérieusement que je vous offre d'entrer à mon service. Je sais très-bien que vous ne connaissez pas la nature des fonctions que vous aurez à remplir; mais en peu de temps, avec un peu de bonne volonté, vous l'apprendrez facilement. Annette, ma femme de chambre actuelle, qui me quitte uniquement parce qu'elle est sur le point de se marier avec un des principaux coiffeurs de

Paris, vous mettra en huit à dix jours au courant de la besogne. Vous savez très-bien coudre, j'ai vu hier un échantillon de votre ouvrage, c'est déjà un point essentiel; vous savez sans doute aussi repasser? » — Je fis un signe affirmatif. — « C'est au mieux; vous savez faire un savonnage? » — Même signe de ma part. — « C'est parfait : vous n'aurez plus qu'à apprendre à natter mes cheveux et à me coiffer; ce sera l'affaire de quelques leçons que vous donnera Annette. Encore remarquez qu'il ne s'agira ici que de ma coiffure la plus ordinaire; car pour les soirées ou le spectacle, et toutes les fois que j'aurai à paraître dans quelque cérémonie, cette besogne sera l'affaire de mon coiffeur. Eh bien, maintenant que pensez-vous de ma proposition?

— Vous savez, Madame, que je suis trop jeune pour être maîtresse de mes volontés.

— C'est entendu, interrompit-elle vivement; je sais fort bien que vous ne pouvez quitter votre famille sans le consentement de votre père; mon mari, ou plutôt son père, s'est chargé de l'obtenir; mais, avant que M. Berthoux fasse aucune démarche auprès de maître Robichon, je tiens à savoir si mon offre peut vous convenir; dans le cas contraire, il ne serait plus question de rien, et je ne dérangerais pas mon beau-père pour une démarche inutile... Voyons, reprit-elle après quelques instants de silence : ne précipitez rien; réfléchissez sérieusement à ce que je viens de vous dire, et demain vous m'apporterez la réponse avec mon lait du matin.

— Oh! Madame, repris-je vivement, je crois pouvoir vous répondre dès aujourd'hui que, si mon père y donne son consentement, je serai très-contente d'entrer à votre service.

— Bien, mon enfant, mais je n'accepte pas encore cette réponse comme définitive; je veux que vous y pensiez mûrement jusqu'à demain. Au revoir, » ajouta-t-elle en me congédiant par un léger signe de tête.

En revenant à la ferme, j'étais dans un ravissement inexprimable. Je marchais d'un pas rapide et léger, et, comme on dit, je ne pesais pas une once. Les idées les plus riantes, les images les plus brillantes remplissaient mon imagination; je bâtissais les plus beaux châteaux en Espagne. Aller à Paris, pensais-je, habiter une belle maison, plus belle peut-être que le château de Jalandrey, avoir de belles robes comme Mlle Annette qui est presque aussi bien mise que sa maîtresse, quel bonheur! Ces rêves remplissaient tellement mon esprit qu'ils débordaient en quelque sorte, et que je me surpris un instant à parler tout haut. Je m'arrêtai confuse en regardant autour de moi pour voir si personne ne m'avait entendue. Heureusement tout était solitaire, et je repris ma marche rapide vers la ferme. Tout à coup il me vint une pensée : ferai-je part de la proposition de Mme Jules à ma belle-mère ou à ma sœur Agathe? Cette dame ne m'avait pas dit d'en faire un mystère; et les convenances, la bienséance, exigeaient que je consultasse sur une affaire de cette importance des personnes qui me tenaient d'aussi près; d'un autre côté, il m'eût été difficile de garder un secret que j'avais tant de peine à contenir. A chaque instant il serait près de m'échapper; je résolus donc d'en faire part à ma sœur et à ma belle-mère, quand j'en trouverais l'occasion, en les priant toutefois de n'en pas parler à mon père avant qu'il n'eût vu M. Berthoux.

C'est au milieu de ces préoccupations que j'arrivai à la ferme. Tout le monde était absent, à l'exception de Madeleine, qui m'attendait pour partir, et qui était furieuse de ce que je l'avais fait attendre si longtemps. « Faut avouer, dit-elle de son ton le plus grognon, dès qu'elle m'aperçut, que vous êtes une bien grande musarde : rester deux heures pour porter une méchante boîte de lait au château! J'aurais fait dix fois le voyage, et sans me fatiguer encore; mais il est vrai que moi je n'ai pas la prétention d'être une *demoiselle*, et que je n'ai pas peur de hâler mon teint au soleil. »

Je la laissai dire sans lui répondre, et j'entrai dans ma chambre pour me remettre à mon ouvrage. Mais, ne retrouvant pas la petite robe que j'avais commencée, je demandai à Madeleine si elle savait ce qu'elle était devenue. « Pardine! répondit-elle d'un air méchant, la maîtresse Robichon, voyant que vous n'en finissiez point et que cette robe ne serait pas faite pour dimanche, l'a donnée à une autre couturière, quoi!

— Bah! est-ce possible?

— C'est bien possible, puisque ça est; même qu'elle a dit en l'emportant : N'est-ce pas honteux, quand tout le monde dans la maison travaille, de nourrir une fainéante qui ne sait pas faire œuvre de ses dix doigts et qui ne gagne pas seulement le pain qu'elle mange!

— Ma belle-mère a dit cela! m'écriai-je en pâlissant.

— Oui, qu'elle l'a dit, et qu'elle a eu raison de le dire, puisque c'est la vérité. » Et là-dessus elle partit pour aller conduire ses vaches aux champs.

Les paroles de cette fille étaient tombées comme un glaçon sur mon cœur. Sans réfléchir si le propos attribué à ma belle-mère était vrai ou faux (et je ne tardai pas à apprendre que c'était une pure invention de Madeleine), je résolus bien fermement de ne pas lui dire un mot, non plus qu'à Agathe, de la proposition de Mme Jules, et de profiter de la bonté que cette dame me témoignait pour me tirer au plus tôt de ce que j'appelais l'enfer où je gémissais.

Le soir, quand ma belle-mère et Agathe rentrèrent, loin de m'adresser aucun reproche sur mon retard du matin, elles me demandèrent si j'avais vu Mme Jules, si elle avait été bien aimable, etc. Je répondis froidement, presque par monosyllabes, comme si l'on m'eût arraché les mots de la bouche. « Allons, se dirent-elles l'une à l'autre, la voilà retombée dans sa mauvaise humeur; laissons-la tranquille. » Et elles ne me parlèrent plus de la soirée.

Le lendemain je retournai au château, et dès que Mme Jules m'eut demandé si j'avais bien fait mes réflexions, je lui répondis que oui et que j'acceptais avec bonheur et reconnaissance l'offre qu'elle m'avait faite, en la priant avec instance de prévenir M. Berthoux, et de l'engager à user de toute son influence sur mon père pour le déterminer à donner son consentement.

« C'est bien, mon enfant, me dit-elle; mon mari et mon beau-père se chargeront du reste. »

CHAPITRE V

LE DÉPART DU VILLAGE

En revenant à la maison, je trouvai sur mon chemin la couturière du village, qui me dit en me voyant: « Ah! je suis bien aise de vous rencontrer, Mademoiselle; cela m'épargnera la peine d'aller jusque chez vous reporter la petite robe que vous faites pour votre nièce, et en même temps vous remercier de la complaisance que vous avez eue de me la prêter; car c'est en votre nom que votre belle-mère me l'a remise. » En disant ces mots, elle me laissa la robe proprement enveloppée dans une serviette.

« Comment! lui dis-je, vous l'avez déjà terminée?

— Terminée? fit-elle d'un air étonné; mais je n'y ai seulement pas fait un point.

— Est-ce que ma belle-mère ne vous avait pas chargée de la finir? pourquoi donc l'avait-elle portée chez vous?

— Ah, çà, nous ne nous comprenons pa s il y a ici quelque confusion. Mme Robichon ne me l'a point apportée; c'est moi qui hier matin ai été chez vous pour vous prier de me donner le patron de cette petite robe, afin d'en faire une pareille à la petite d'Anne Dubuisson, la marchande. Comme vous n'étiez pas à la maison, et que je n'avais pas le temps de vous attendre, Mme votre mère m'a dit qu'elle ne savait pas où vous mettiez vos patrons, mais que je pouvais toujours emporter la robe, qui était assez avancée pour me servir de modèle, et que vous auriez bien le temps de la terminer avant dimanche, puisque ce n'était hier que mercredi. Je l'ai beaucoup remerciée, en lui disant qu'au besoin, si vous étiez trop pressée, je vous donnerais un coup de main pour vous aider à la finir; à quoi elle a répondu qu'elle ne pensait pas que cela fût nécessaire, si je la rapportais ce matin. Voilà tout ce qui s'est passé; je serais vraiment au désespoir que cela vous eût contrariée; maintenant, si Mme votre mère ou vous avez entendu que je la finisse, je vais la remporter, et je tâcherai de la terminer pour dimanche.

— Non, non, répondis-je vivement; je tiens, au contraire, beaucoup à la finir moi-même. Seulement, comme je n'ai pas vu ma mère depuis hier matin, c'est cette sotte de Madeleine qui m'a rendu compte tout de travers de ce qui s'était passé, et qui a été cause de ma méprise de tout à l'heure. A présent tout s'explique; ma mère a très-bien fait de vous prêter cette robe, et, loin d'en être contrariée, je vous engage, quand vous le voudrez, à disposer de mes patrons; ils sont tous à votre service.

— Merci bien, Mademoiselle; ça n'est pas de refus, à charge de revanche. »

A ces mots, nous nous séparâmes. Ce que venait de me dire la couturière me convainquit sans peine que l'histoire que Madeleine m'avait racontée la veille, ainsi que les propos attribués à ma belle-mère, était une pure invention de cette méchante fille. Je la trouvai encore seule comme la veille, en rentrant, et lui fis d'amers reproches sur ses odieux mensonges, la menaçant de tout révéler à ma belle-mère et de la faire punir comme elle le méritait. « Vous pouvez ben lui dire tout de même, si ça vous amuse, répondit-elle d'un air impertinent ; ça m'est ben égal ; elle ne renverra toujours pas une bonne travailleuse comme moi à cause d'une fainéante et d'une mijaurée comme vous. D'ailleurs, si ce n'est pas hier qu'elle s'est plainte de votre fainéantise, c'est une autre fois, et tout le monde est là-dessus de même avis. »

Ne voulant pas entrer en discussion avec cette fille, j'eus la prudence de me retirer dans ma chambre et de m'y enfermer, jusqu'au retour de la famille pour le repas du soir. Cette fois j'étais bien résolue de parler à ma belle-mère et à ma sœur de la proposition de Mme Jules, en leur avouant que si je ne la leur avais pas annoncée la veille, c'était uniquement à cause de ce que m'avait dit Madeleine. Mais je ne devais pas avoir le mérite de cet aveu spontané.

Dans l'après-midi, MM. Berthoux père

et fils, se promenant à cheval dans leur domaine, avaient rencontré mon père et lui avaient fait part du désir qu'avait Mme Jules de me prendre à son service. Mon père avait paru fort étonné de cette proposition, et avait répondu qu'avant d'y donner son consentement il était nécessaire qu'il en causât avec sa femme, et surtout avec moi, qui étais la plus intéressée dans ce projet. « Oh ! dit M. Berthoux le fils, ma femme est sûre du consentement de la petite ; ce matin elle lui a dit qu'elle ne demandait pas mieux que de devenir sa femme de chambre. — Si Périne ne demande pas mieux que de nous quitter, ce n'est pas moi qui m'y opposerai, » reprit mon père.

Quand ces messieurs se furent éloignés, mon père rejoignit ma belle-mère et ma sœur qui sarclaient dans un champ voisin, et leur fit part de ce qu'il venait d'apprendre.

« Oh ! la petite dissimulée ! dit Agathe ; elle ne m'en a pourtant pas dit un mot, parce qu'elle se doutait bien que je la détournerais d'accepter ; mais j'espère bien, mon père, que vous ne souffrirez pas qu'elle parte. Une enfant si jeune, la laisser aller à Paris, ce serait l'exposer à sa perte, et vous en auriez la responsabilité. »

Ma belle-mère se mit à pleurer. « Hélas ! dit-elle, c'est moi seule qui suis cause qu'elle songe à vous quitter ! J'ai pourtant fait tout ce que j'ai pu pour gagner son affection ; mais il faut croire que je m'y suis mal prise, puisque je n'ai pu réussir. Oh ! je vous en prie, ne la laissez pas courir à sa perte ! Je tâcherai d'employer d'autres moyens pour obtenir sa confiance, et peut-être serai-je plus heureuse que je ne l'ai été jusqu'ici.

— Non, » dit mon père de cet air grave qui annonçait une décision arrêtée dans son esprit, et de laquelle il était difficile de le faire revenir, « non, vous avez déjà fait assez, vous avez même trop fait pour tâcher d'adoucir son caractère et la corriger de sa mauvaise humeur. Il eût fallu, pour la dompter, employer une sévérité qui répugnait à votre caractère, et surtout à votre position de belle-mère. Puisqu'elle n'a pas su comprendre la délicatesse de vos procédés, vous réussiriez aujourd'hui moins que jamais en redoublant d'indulgence; ce ne serait plus que de la faiblesse, et elle en profiterait pour se livrer à tous ses caprices, et pour vous tenir tête plus ouvertement. Le grand malheur de cette enfant est d'avoir été trop gâtée par sa tante, et par vous dans les commencements de son séjour ici. Elle a besoin maintenant d'une leçon que nous nous sommes mis dans l'impuissance de lui donner, et qu'elle recevra des étrangers. Elle voit en beau dans ce moment la place qu'on lui offre dans une grande maison; laissez-la faire, elle n'y sera pas six mois qu'elle regrettera le foyer paternel et le pain dur de la ferme.

— Mais, mon père, dit Agathe, si on lui faisait toutes ces observations, si on lui montrait les dangers auxquels elle va être exposée, j'ai assez bonne opinion de son cœur et de ses principes pour être persuadée qu'elle ne persisterait pas dans sa résolution.

— Faites-lui toutes les observations que

vous jugerez convenables; mais, si elle les écoute et si elle consent à rester, j'exige comme condition expresse qu'elle changera immédiatement de conduite envers sa belle-mère, et qu'elle cessera à tout jamais de nous fatiguer de ces scènes ridicules de bouderie, dont j'ai par-dessus la tête. A ces conditions, qu'elle reste, je le veux bien; sinon qu'elle parte avec Mme Jules, j'y donne mon plein consentement. »

Le soir en rentrant, ma sœur me prit à part et me rendit compte de cet entretien et de cette décision de mon père. Elle y ajouta tout ce que sa tendresse et sa plus grande expérience du monde purent lui inspirer pour me détourner d'un projet qui pouvait m'entraîner à ma perte. Je l'écoutai jusqu'au bout, je versai même quelques larmes, mais je ne fus que médiocrement ébranlée. Ce qui me répugnait le plus, dans le cas où je me serais décidée à rester, c'était la condition imposée par mon père, de faire en quelque sorte amende honorable à ma belle-mère. D'un autre côté, une observation que me fit ma sœur, et à laquelle je n'avais pas songé, jeta quelque trouble dans mon esprit. « Si avec ton caractère souvent maussade et boudeur, me dit-elle, tu n'as pu vivre avec notre belle-mère, qui est la bonté même et qui est pleine d'indulgence pour toi, comment feras-tu pour te plier à la volonté et aux caprices d'une étrangère, qui n'aura certes pas pour toi les égards d'une mère, et qui exigera l'obéissance passive et absolue due à une maîtresse? Si tu résistes, si seulement tu parais faire la moue, crois-tu qu'elle l'endurera patiemment comme on le faisait ici? Après deux ou trois accès au plus de mauvaise humeur, on pourra fort bien te mettre à la porte; car là on ne cherchera pas à te garder malgré tes défauts, sois-en bien sûre. Alors que deviendras-tu seule, abandonnée, dans cette grande ville de Paris, à plus de cent lieues de ta famille? »

Je n'étais pas assez aveuglée sur les défauts de mon caractère pour ne pas comprendre la justesse de cette observation.

Elle me donna à penser, et je finis par dire que je réfléchirais à tout ce qu'elle venait de me dire avant de prendre un parti définitif.

Le lendemain, je revis Mme Jules à l'heure ordinaire : « Eh bien? me dit-elle en me voyant entrer dans sa chambre, l'affaire est-elle arrangée? Votre père ne fait pas, à ce qu'il paraît, beaucoup de difficulté; puis-je compter sur vous?

— Sur moi, oui, Madame; seulement ma famille éprouve une certaine inquiétude dans le cas où il arriverait que vous fussiez mécontente de mon service, et que vous vinssiez à me renvoyer; que deviendrais-je alors toute seule au milieu de cette grande ville où je ne connais personne? J'avoue que cette pensée ne m'était pas venue, et que je n'avais guère songé à la possibilité de vous quitter ou d'être renvoyée de chez vous. J'ai répondu que j'étais persuadée que, si une pareille chose arrivait, vous ne m'abandonneriez pas.

— Et vous avez bien fait, mon enfant,

de répondre ainsi. Vous pouvez affirmer à votre famille, — d'ailleurs mon mari leur parlera avant notre départ, — que, si cette éventualité se présentait, non-seulement je ne vous abandonnerais pas, mais que je vous placerais convenablement, si vous vouliez rester à Paris, ou bien je vous fournirais les moyens de revenir dans votre famille, si vous le préfériez. Je suis bien aise que cette idée de me quitter un jour ne vous soit pas venue à vous-même, cela me prouve le désir que vous avez de rester avec moi; je suis loin toutefois de trouver mauvais que cette même idée se soit présentée à l'esprit de vos parents, c'est une preuve de leur sollicitude pour vous. Mon enfant, vous êtes encore bien jeune, mais vous avez assez d'instruction pour savoir qu'effectivement le lien qui unit un maître et un domestique n'est pas indissoluble. L'incompatibilité d'humeur et une foule d'autres motifs les forcent souvent à se séparer; mais, pourvu que ces motifs ne proviennent pas de faits contraires à la probité ou à l'honneur, un maître ou une maîtresse raisonnable continueront toujours de protéger la personne qu'ils ont eue à leur service, et qui s'y est montrée probe et honnête. Tenez, par exemple, voilà celle que vous devez remplacer, Annette ; elle ne me quitte que parce qu'elle veut se marier ; eh bien, comme j'ai été contente d'elle, je l'aide à monter une boutique de parfumerie, qui sera parfaitement en rapport avec l'état qu'exerce son mari. Vous, de votre côté, si vous veniez à me quitter dans les conditions que je viens de dire, et qu'il ne vous convînt pas de rentrer au service, vous pourriez travailler de votre état, et je me chargerais de vous faire entrer dans les meilleurs ateliers de Paris. Plus tard, quand vous vous seriez perfectionnée comme ouvrière, s'il vous prenait fantaisie de prendre un établissement à votre compte, vous pourriez encore compter sur moi, sur ma clientèle et sur les nombreuses pratiques que je pourrais vous procurer parmi les dames de ma connaissance. C'est ainsi, mon enfant, qu'à Paris se forment peu à peu des maisons qui souvent grandissent plus tard d'une manière étonnante, et arrivent à un haut degré de prospérité. »

Ces explications de Mme Jules non-seulement dissipèrent toutes mes craintes, mais me firent entrevoir un avenir brillant et fortuné. La jeunesse, mes enfants, se repaît facilement d'illusions qui la rendent sourde à la voix de la raison et aux conseils de la sagesse. De retour à la maison, j'étais transportée de joie; je racontai à ma sœur et à ma belle-mère ce que venait de me dire Mme Jules; je leur parlai avec enthousiasme de l'avenir qui m'attendait, et je leur montrai en perspective quelques-uns des châteaux en Espagne que je bâtissais déjà dans mon imagination. Elles m'écoutèrent patiemment jusqu'au bout. Ma belle-mère me dit alors d'un air triste : « Je souhaite de tout mon cœur que ces beaux rêves se réalisent et ne se changent pas pour toi en cruelles déceptions ! » Ma sœur chercha à calmer mon enthousiasme, qu'elle traitait de folie, en me parlant le langage de la raison. Je ne l'écoutai seulement pas. Enfin, voyant ma résolution bien arrêtée et n'espérant plus m'en faire changer par des conseils et des remontrances, elles cessèrent de m'en parler.

Deux jours après, mon père vint le matin de bonne heure me trouver dans ma chambre : « Périne, me dit-il, puisque tu as l'intention de nous quitter, je ne veux pas te retenir de force ; il est convenu entre MM. Berthoux et moi que tu partiras ce soir même avec Mme Julès, qui se rend à Châlon-sur-Saône, où son mari ira la rejoindre pour prendre le chemin de fer de Lyon à Paris. Moi, je vais à la foire de Lons-le-Saulnier, d'où je ne reviendrai que demain ; ainsi je ne serai pas ici au moment de ton départ, et je viens te faire mes adieux. »

Ces paroles, prononcées avec calme, mais d'un ton grave et sérieux, firent plus d'impression sur moi que s'il m'eût adressé, comme je m'y étais attendue, des reproches sur mon ingratitude et sur mon peu d'attachement pour lui. Je fondis en larmes, et, me précipitant dans ses bras, je m'écriai : « O mon père ! quoi, déjà vous me faites vos adieux ; je ne vous verrai donc plus !... » Et des sanglots étouffèrent ma voix.

« Puisqu'il le faut, il vaut mieux que ce soit plus tôt que plus tard, » reprit-il d'une voix émue ; et en même temps je vis une larme briller sur sa paupière. « O mon père ! m'écriai-je avec transport, dites un mot, et je reste... ; non, non je ne veux plus partir. »

Alors mon père, s'arrachant de mes bras et reprenant son calme, me dit : « Non, je ne t'engagerai point à rester. J'ai donné ma parole à M. et à Mme Berthoux, et ma parole, tu le sais, est un engagement sacré ; ainsi pas d'enfantillage, tu partiras, puisque cela est convenu. Ta sœur et ta mère t'aideront à préparer ta malle ; encore une fois, adieu. » Et il s'approchait pour m'embrasser, lorsque, me jetant à ses genoux, je lui dis : « O mon père ! donnez-moi au moins votre bénédiction. » Aussitôt, étendant sur moi la main : « Que Dieu te bénisse, mon enfant, dit-il, comme je te bénis ! et que cette bénédiction t'accompagne sans cesse au milieu de la nouvelle carrière où tu vas entrer! » Puis, me relevant, il m'embrassa tendrement, et s'éloigna sans ajouter un seul mot.

Après le départ de mon père, je restai longtemps absorbée dans une profonde douleur. J'étais mécontente de moi-même; je me repentais de m'être trop avancée, et il eût fallu bien peu de chose pour me faire renoncer à mes résolutions.

Tandis que j'étais plongée dans ces réflexions, Agathe entra dans ma chambre, m'apportant un gros paquet qui contenait mes effets. « Tiens, me dit-elle, voilà ton linge et tes robes. Tu es contente, maintenant que tu vas partir!... Non, jamais je n'aurais cru que tu aurais eu l'ingratitude d'abandonner ta famille pour aller vivre avec des étrangers; mais, puisque tu as si peu de cœur, tu peux bien t'en aller où tu voudras et ne jamais revenir, ce n'est pas moi qui te regretterai. » Et après ce début, elle continua sur le même ton pendant plus d'un quart d'heure à m'accabler des plus amers reproches.

Je l'écoutai sans rien répondre. Si elle m'eût parlé avec la douceur et la sensibilité qu'elle me montrait ordinairement, peut-être eût-elle achevé de m'ébranler; mais son langage emporté m'indigna, et détruisit complétement l'effet qu'avaient produit en moi les adieux si touchants de mon père. Tandis qu'elle me poursuivait de ses sarcasmes, je me mis silencieusement, et en prenant mon air boudeur, à ranger mes effets dans ma malle de voyage. Mon indifférence apparente ne fit que l'exaspérer, et bientôt elle se laissa emporter à un mouvement de colère bien extraordinaire chez elle. Ma belle-mère arriva sur ces entrefaites; elle commença par calmer sa bru, et ce n'est pas sans peine qu'elle y réussit. « Vous avez tort, lui disait-elle, d'adresser à votre sœur des reproches maintenant déplacés. Puisque votre père a consenti à son départ et qu'il a engagé sa parole, il n'y a plus à revenir sur le passé. Périne croit qu'elle sera plus heureuse ailleurs que dans sa famille, tout ce qu'on pourrait lui dire ne saurait lui ôter cette persuasion ; l'expérience seule lui fera connaître si elle s'est trompée ou non. Laissons-la donc tenter cette expérience, en priant Dieu qu'elle n'ait pas à s'en repentir trop tôt ni trop cruellement. Ce qui nous reste à faire est tout simplement de voir à ce que rien ne manque à son trousseau, et de lui donner quelques conseils salutaires pour l'avenir. » En disant ces mots, elle se mit à faire un inventaire rapide des objets qui composaient ma garde-robe, me recommandant de veiller avec soin à leur conservation, à leur entretien et à leur propreté. Après s'être assurée que rien ne manquait des objets nécessaires à mon habillement, elle examina les quelques livres de piété que j'emportais et qui me venaient de ma tante. Elle y ajouta une *Journée du Chrétien* et une *Imitation de Jésus-Christ,* puis un chapelet bénit par l'évêque de Saint-Claude lors d'un pèlerinage qu'elle avait fait dans cette ville. « Ma fille, me dit-elle en me donnant ces objets, ce que je vous recommande par-dessus tout, c'est, dans quelque situation que vous vous trouviez, de ne jamais manquer à vos devoirs de chrétienne, ni surtout à vos prières du matin et du soir. Récitez, le plus souvent qu'il vous sera possible, soit en entier, soit en partie seulement, si le temps vous manque, ce chapelet indulgencié, et pensez à moi en faisant cette prière. De mon côté je vous promets que, chaque fois que je réciterai le chapelet, je demanderai à Dieu, par l'intercession de la sainte Vierge, qu'il veille sur vous et vous accorde ses grâces. De cette manière il s'établira de loin entre nous une union peut-être plus étroite que celle qui a existé quand nous habitions sous le même toit. »

J'acceptai l'offre de ma belle-mère avec reconnaissance, et je lui promis de me conformer exactement à ses recommandations.

Bientôt arriva un domestique du château qui venait me chercher avec une voiture.

Tandis qu'il chargeait ma malle sur sa carriole, je fis mes adieux à toutes les personnes de la famille qui se trouvaient présentes, car mon frère aîné et mon beau-frère étaient partis le matin avec mon père, et mes deux autres frères étaient aux champs. Il ne fut plus alors question de reproches ni de récriminations; tout le monde pleurait, et Agathe, dont la colère avait fait place à une profonde douleur, poussait des lamentations comme si elle m'avait vu porter en terre. Je n'étais guère moins affligée qu'elle, et il fallut, pour m'arracher de leurs bras, que le domestique répétât à plusieurs reprises que Madame attendait, qu'il ne fallait pas faire attendre Madame, ou que Madame se fâcherait. Enfin, je montai en voiture, et un quart d'heure après j'entrai dans la cour du château de Jalandrey. Cinq minutes après je montais, avec Mme Jules et Mlle Annette, dans une chaise de poste qui prit au grand trot la route de Châlon-sur-Saône.

CHAPITRE VI

TOUT CE QUI RELUIT N'EST PAS OR

La rapidité du mouvement, la variété des objets nouveaux qui passaient sous mes yeux, et surtout les paroles aimables que m'adressait de temps en temps Mme Jules, calmèrent peu à peu la profonde émotion que m'avaient causée la séparation de ma famille et les scènes douloureuses de la matinée. Ma nouvelle maîtresse et Mlle Annette s'amusaient beaucoup de l'étonnement que je manifestais à chaque instant, et des questions naïves que je leur adressais. Ainsi, quand nous arrivâmes à Châlon, moi qui n'avais jamais vu d'autre ville que Sellières et Louhans, ni d'autres rivières que la Seille (1), je fus émerveillée en apercevant

(1) Petite rivière qui prend sa source dans le Jura, passe à Sellières et à Louhans, et se jette dans la Saône près de Tournus, après un parcours d'environ cent kilomètres.

la Saône, le beau pont qui la traverse, le quai magnifique et les somptueux édifices qui la bordent, et je m'écriai : « Oh ! que c'est beau ! Paris est-il encore plus beau que cela ? — A peu près, dit en souriant Mme Jules ; seulement il est un peu plus grand. »

Je n'eus pas le temps d'admirer les merveilles de Châlon, car en descendant à l'hôtel nous trouvâmes M. Berthoux qui était arrivé avant nous par une autre route, et qui nous attendait pour dîner. En sortant de table, nous nous rendîmes à la gare du chemin de fer ponr y prendre le convoi de Lyon qui devait nous transporter à Paris. Il était dix heures du soir quand nous montâmes en wagon. C'était ce qu'on appelle un train express, qui ne contenait que des voitures de première classe. Je m'enfonçai délicieusement sur une espèce de siége élastique, en disant tout bas à Annette : « Ma foi, il est plus agréable de voyager là dedans que dans une carriole. » Et bientôt le train partit à toute vapeur. Je ne tardai pas à m'endormir profondément. Quand je me réveillai il était grand jour, et j'entendis les employés du chemin de fer qui criaient en ouvrant les portières : « Fontainebleau! Fontainebleau! — Sommes-nous bien loin de Châlon? demandai-je tout bas à Annette qui était à côté de moi. — Nous sommes près d'arriver à Paris, me répondit-elle. — Ah! mon Dieu! fis-je, il n'y a donc pas si loin qu'on disait, il me semble que nous ne faisons que de partir. »

Deux heures après nous entrions dans la gare du boulevard Mazas.

M. et Mme Berthoux partirent immédiatement dans leur voiture qui les attendait. Annette et moi nous restâmes pour la réception et la visite des bagages. Comme je me trouvais près du comptoir où les commissionnaires apportaient les différents colis, je reconnus ma malle parmi les premières caisses qu'ils y déposèrent; mais, en jetant machinalement un coup d'œil sur ces caisses, je lus avec surprise cette adresse : *A madame de Jalandrey, rue Tronchet, 46.* « Ces caisses ne nous appartiennent pas, dis-je à l'employé. — C'est pourtant bien le numéro inscrit, me répondit-il. — Cela n'empêche pas, répliquai-je, qu'il doit y avoir une erreur. »

Annette, qui se trouvait près de là et qui entendait notre conversation, riait de tout son cœur, en détournant la tête pour que je ne l'aperçusse pas. Enfin un autre commissionnaire apporta une nouvelle malle et un étui à chapeau portant cette fois pour adresse : *A monsieur J.-B. de Jalandrey*. Je voulus renouveler mon observation ; mais Annette, jugeant alors à propos d'intervenir, me dit en riant aux éclats : « Mais non, ma pauvre Bressanne (on me donnait ce nom parce que Jalandrey est dans la Bresse, quoique je fusse née en Franche-Comté), il n'y a pas d'erreur. Apprends donc que Monsieur et Madame s'appellent à Louhans et dans ton pays M. et Mme Jules, et qu'à Paris ils s'appellent M. et Mme de Jalandrey.

— Bah ! fis-je en la regardant d'un air incrédule ; pas possible !

— C'est comme ça, mon enfant, et ne t'avise pas, quand nous serons à l'hôtel, d'appeler nos maîtres autrement que de ce nom; sans cela tu t'exposerais à recevoir une verte semonce, peut-être même à te faire renvoyer.

— Oh! cela m'est bien égal, fis-je; mais ça me paraît drôle tout de même qu'on l'appelle d'une façon dans un pays et d'une façon différente dans une autre. » Malgré l'assurance positive d'Annette, je conservais encore des doutes; mais ils ne tardèrent par à être dissipés dès les premiers jours après mon arrivée à Paris, et je me convainquis que mes maîtres changeaient de noms comme de vêtements, comme de manière de vivre, selon qu'ils habitaient la ville ou la campagne.

Dès que les bagages eurent été visités par les préposés, Annette les fit charger sur une voiture de place dans laquelle nous montâmes pour nous rendre à l'hôtel. La distance est longue de la gare du chemin de fer de Lyon à la rue Tronchet; il faut pour la parcourir, sans parler de la rue de Lyon, suivre toute la ligne des boulevards depuis la Bastille jusqu'à la Madeleine, c'est-à-dire une chaussée de près de huit kilomètres de longueur, couverte d'équipages et d'une foule de piétons, et bordée de maisons toutes plus belles les unes que les autres, et qui me paraissaient plus hautes que le clocher de Jalandrey.

Au milieu de ce tumulte, de ce brouhaha, de ces cris de toute espèce, à la vue de tant de choses splendides dont j'ignorais les noms, à la vue de tant de magasins étincelants de richesse, j'étais éblouie, étourdie. Annette avait beau me crier aux oreilles : « Hein ! est-ce plus beau et plus grand qu'à Châlon ? » Je ne l'entendais pas. A force de regarder à droite et à gauche, j'avais fini par ne plus rien distinguer ; et à force d'entendre ce roulement de voitures, ces cris continuels, mes oreilles étaient assourdies. Quand nous arrivâmes à l'hôtel, tout ce que je venais de voir et d'entendre formait dans ma tête une telle confusion, que je restai longtemps tout à fait ahurie. Il me fallut plusieurs jours pour me remettre un peu ; encore jamais je n'ai pu m'accoutumer entièrement au tumulte de Paris. Seulement ce bruit, ce mouvement incessant ne m'ôtait pas, comme pendant les premiers jours, la liberté de l'esprit ; mais il n'a pas cessé, jusqu'au dernier moment que j'ai habité cette ville, de me causer une fatigue plus ou moins pénible, quelquefois même insupportable.

Après les premiers moments d'étourdissement, Annette, profitant de l'absence de Monsieur et de Madame, me fit visiter leurs appartements. C'était magnifique, plus beau, plus riche qu'au château de Jalandrey ; seulement, je remarquai que les chambres et les salons étaient beaucoup plus petits et plus sombres. Au château, les plafonds étaient très-élevés, l'air et la lumière y circulaient facilement ; de chaque pièce la vue s'étendait sur des jardins ou sur une vaste campagne. Ici, les plafonds étaient bas, on ne respirait pas à son aise ;

l'air manquait. D'un côté, la vue était bornée par une cour étroite ; de l'autre, trois croisées s'ouvraient sur la rue, large il est vrai, mais bruyante et poussiéreuse. En regardant par une croisée qui donnait sur la rue, j'aperçus sur la gauche un grand bâtiment entouré de colonnes. « Qu'est-ce que c'est que cet édifice? demandai-je à Annette. — C'est, me dit-elle, l'église de la Madeleine, notre paroisse. — Ça une église? que je fis ; mais il n'y a seulement pas de clocher. — Cela n'empêche pas que ce ne soit une des plus belles églises de Paris. — Tiens, je la prenais pour une gare de chemin de fer. — Oh ! c'est que nous ne la voyons ici que par derrière. »

Annette me conduisit ensuite dans ma chambre. C'était une petite mansarde située au sixième étage, avec une petite fenêtre en tabatière, qui laissait apercevoir les toits et les cheminées des maisons voisines. Il y avait la place d'un lit, d'une table, d'une chaise et d'un porte-manteau pour suspendre mes robes. Il y avait aussi un petit enfoncement, où je pouvais loger mes malles.

C'était triste, à côté de ma chambre de la ferme de Jalandrey, dont la croisée était garnie de chèvrefeuille et de clématite, et d'où j'entendais chanter le rossignol.

Annette me quitta, après m'avoir installée dans ma chambrette, et me laissa arranger mes effets dans une petite armoire, dont j'ai oublié de parler en faisant l'inventaire de mon mobilier. Quand je me trouvai seule, je m'assis sur mon unique chaise, l'âme en proie à un indéfinissable malaise. Ce Paris, après lequel j'avais tant soupiré, m'apparaissait maintenant sous un tout autre aspect que je ne me l'étais figuré. Sans doute j'avais éprouvé de l'étonnement, de la surprise, de l'éblouissement; mais je n'avais ressenti ni contentement, ni joie intérieure, rien enfin qui ressemblât à ce bonheur que j'avais rêvé. Je ne regrettais pas encore d'avoir quitté mon pays, ou plutôt si cette pensée se présenta à mon esprit, je la refoulai promptement en me disant: « Bah! je m'accoutumerai. » J'ouvris alors ma malle, et je commençai à ranger mes effets. Un des premiers objets qui se présentèrent à ma vue fut le chapelet que m'avait donné ma belle-mère en partant. Cela me fit souvenir aussitôt que déjà j'avais oublié la recommandation qu'elle m'avait faite de ne jamais manquer à mes prières du matin et du soir. La veille, je m'étais endormie dans le wagon, sans même avoir songé à élever mon âme à Dieu, ni à faire la moindre prière mentale; et ce matin, j'y avais encore moins songé au milieu du tumulte et du trouble de l'arrivée. Je voulus réparer cette faute, et je me mis à genoux pour prier. Mais à peine avais-je commencé, qu'Annette entra brusquement dans ma chambre, pour me dire de descendre promptement à l'office où l'on m'attendait pour déjeuner, et pour faire connaissance avec les autres domestiques.

Je la suivis à regret, et bientôt nous arrivâmes à l'office, où elle me présenta à mes nouveaux camarades, qui étaient impatients de voir *la petite Bressanne*. Le personnel du service se composait d'un maître d'hôtel, un valet de chambre de Monsieur, deux valets de pied, un cocher, un groom, une femme de charge, une cuisinière (cordon-bleu), une aide-cuisinière, Annette et moi. Tout ce monde me regardait d'un air de curiosité qui me fit rougir et baisser les yeux. « Elle est un peu timide, votre remplaçante, dit le maître d'hôtel à Annette; vous auriez bien dû lui donner un peu de votre hardiesse; il vous en serait encore assez resté pour vous. — Merci du compliment, monsieur Bonneau, vous êtes toujours poli comme à votre ordinaire; mais si je voulais vous fermer la bouche, je pourrais vous dire... — Allons, allons, interrompit Mme Matthieu, la femme de charge, allez-vous déjà vous chamailler? C'est un bel exemple et une bonne idée que vous donnez de vous à cette jeunesse, le jour de son entrée dans la maison... Voyons, Mademoiselle.... Comment s'appelle-t-elle votre remplaçante? mam'selle Annette, vous avez oublié de nous dire son nom. — Elle s'appelle Périne. — Eh bien, mademoiselle Périne, asseyez-vous à côté de moi, et déjeunons. »

Tout le monde prit place autour de la table, et le déjeuner commença. Il m'eût été bien difficile, après cette première entrevue, de donner le signalement d'aucun de mes nouveaux commensaux, car je tins les yeux constamment baissés sur mon assiette, et il ne m'arriva pas une seule fois de les porter sur les convives. Je pris encore moins part, comme on le pense bien, à la conversation, à laquelle, du reste, il m'était impossible de rien comprendre, car on parlait théâtre, bals, histoires du monde, aventures plus ou moins scandaleuses. On ne se gênait pas pour médire de tout le monde, même des maîtres, parfois en termes fort peu mesurés. La femme de charge, ma voisine, finit par dire : « Un peu de modération, s'il vous plaît, Messieurs et Mesdames, nous allons scandaliser cette petite. — C'est vrai, appuya Annette; d'autant plus que Périne est une petite sainte, je vous en préviens, Messieurs, pour votre gouverne; à preuve, c'est que tout à l'heure je l'ai trouvée à genoux dans sa chambre, qui faisait sa prière.

— Ah ! ah ! ah ! dit le maître d'hôtel, c'est délicieux ! cela a dû vous paraître bien drôle, à vous mademoiselle Annette, qui êtes bien loin d'être une sainte, et qui avez oublié depuis longtemps vos prières, si jamais vous les avez sues. C'est égal, si Mlle Périne est une petite sainte, nous, nous sommes de bons diables, et nous pourrons nous entendre. — C'est ça, dit le cocher, je ne connaissais que la sainte Périne de Chaillot (1), et maintenant nous en aurons une rue Tronchet, et nous lui dirons : « Sainte Périne, priez pour nous. »

On voit d'après cet échantillon avec quelle espèce de gens j'étais appelée à vivre. Heureusement que la femme de charge, bonne personne au fond, et qui s'était aperçue de l'impression pénible que m'avait faite la conversation que je venais d'en-

(1) Il fait allusion à l'hospice de la vieillesse appelé Sainte-Périne, qui était à Chaillot, et qui vient d'être transféré à Auteuil.

tendre, me prit à part après le déjeuner, et me dit : « Ma petite, si vous préférez dorénavant manger avec moi dans ma chambre au lieu de manger à l'office avec les autres, vous en êtes la maîtresse. — Oh ! oui, Madame, je le veux bien, m'écriai-je avec empressement. — Eh bien ! c'est entendu, mon enfant. — Merci, Madame. » Et à compter de ce moment, je ne reparus plus aux repas de l'office que très-rarement, et encore lorsqu'il n'y avait que des femmes.

Deux jours après mon arrivée, je commençai mon service auprès de Mme de Jalandrey. Grâce aux leçons d'Annette et à la complaisance de ma maîtresse, qui ne se montrait pas trop exigeante, je parvins au bout d'une quinzaine de jours à la coiffer passablement, et à remplir à peu près les autres fonctions de mon emploi. Cependant Annette continua encore de rester près d'un mois pour achever de me mettre au courant et pour faire les préparatifs de son mariage.

Mon service n'était pas très-pénible, et je m'y étais assez facilement habituée. Madame s'éveillait vers huit heures du matin; elle me sonnait, et je lui portais une tasse de chocolat à l'eau ou une tasse de lait chaud qu'elle prenait dans son lit; puis elle s'assoupissait jusqu'à dix heures ou dix heures et demie au plus. Un nouveau coup de sonnette m'appelait : c'était pour le lever de Madame; alors commençait sa toilette, qui se prolongeait souvent jusqu'à midi. C'était l'heure de son second déjeuner, qui ne durait guère qu'une demi-heure. Elle montait alors en voiture, quelquefois m'emmenait avec elle, visitait deux ou trois magasins, faisait déplier plusieurs centaines de mètres d'étoffes, et le plus souvent n'achetait rien. Nous revenions à l'hôtel; elle procédait à une seconde toilette, et se rendait au bois dans une calèche découverte. Au retour, elle faisait quelques visites, et rentrait à six heures pour dîner. Venait enfin une troisième toilette pour ses visites du soir, ou pour aller à l'Opéra ou aux Italiens. C'était ici que l'art du coiffeur était nécessaire, et que mes faibles talents et même ceux d'Annette étaient insuffisants. Elle rentrait à minuit, quelquefois à une heure du matin, et je devais me trouver là pour l'aider à se déshabiller et à se coucher.

Tel était à peu près le genre de vie de cette dame, et c'est celui de la plupart des femmes du monde. Moi qui souvent la voyais, après ces journées de plaisirs, de fêtes, de soirées, de spectacles, rentrer plus harassée qu'une pauvre ouvrière qui a passé tout son temps à un pénible travail pour gagner sa vie et celle de ses enfants, je me disais : Si c'est là le bonheur que procurent les biens et les plaisirs du monde, mille fois mieux vaut rester pauvre, on est sûr d'être plus heureux !

Ma maîtresse, comme on vient de le voir, était absente une partie de la journée ; j'étais libre pendant tout ce temps, et je l'employais soit à travailler pour moi dans ma chambre, soit à aider Mme Matthieu, la femme de charge, qui m'avait prise en amitié, et qui me faisait souvent faire des promenades aux Tuileries ou aux Champs-Élysées. Le matin, je me levais de bonne heure, et j'allais entendre la messe à la

Madeleine; j'avais fini par m'accoutumer à cette église, « quoiqu'elle n'eût pas de clocher; » mais je lui préférais, quand je les ai connues, Saint-Roch, Saint-Germain-l'Auxerrois ou Notre-Dame. Du reste, ceci est assez indifférent; on peut prier partout, et le Dieu qu'on invoque dans une pauvre petite église de village est le même qu'on adore dans de magnifiques cathédrales.

Je ne manquais plus à mes prières du matin et du soir, selon la recommandation que m'en avait faite ma belle-mère. Je portais toujours sur moi le chapelet qu'elle m'avait donné, et je le récitais souvent avec l'intention qu'elle m'avait indiquée. Cette habitude réalisa une de ses prévisions; peu à peu je sentis mes sentiments changer à son égard; plus d'une fois je regrettai de l'avoir quittée, et il m'arriva de me dire en moi-même : Comment ai-je pu méconnaître une femme si bonne, si bienveillante pour moi !

L'époque fixée pour le mariage de Mlle Annette était arrivée. Elle l'annonça à Madame, en lui demandant de régler ses comptes et lui rappelant la promesse qu'elle lui avait faite de lui avancer la somme nécessaire pour l'achat d'un fonds de parfumerie. Elle eut à ce sujet un entretien particulier avec ma maîtresse. Je ne sais pas ce qui se passa entre elles; mais, en sortant, Annette était rouge de colère. Elle se répandit en invectives contre son ancienne maîtresse, et on l'entendait crier dans l'escalier : « Ayez donc affaire à des gueux enrichis qui veulent singer la noblesse et trancher du grand seigneur! Monsieur de Jalandrey ! En voilà un nom sonore! Et son père qui a gagné sa fortune à vendre des bœufs, des porcs et des fromages, il s'appelle tout simplement le père Berthoux ! Et Madame, qui fait aujourd'hui la duchesse et tant d'embarras, on sait bien d'où elle sort; elle ne roulait pas carrosse quand elle trottait à pied dans la rue Vivienne, un carton de modiste sous le bras ! Elle a eu la chance d'épouser un homme qui avait de la fortune; mais elle a fait joliment danser les écus du papa beau-père, et bientôt on en saura des nouvelles. En attendant, la voilà [illegible] tient la moitié de mes gages, et qui refuse de remplir les promesses qu'elle m'avait faites quand je me marierais; mais elle ne le portera pas en terre.... et je me vengerai.... »

J'entendis ces propos de la chambre de Mme Matthieu, où je me trouvais en ce moment; j'en fus péniblement affectée; la femme de charge, qui s'en aperçut, me dit en souriant : « N'y faites pas attention : Annette est bien la plus méchante langue que j'aie jamais connue; quand elle en veut à quelqu'un, il n'y a pas de calomnies qu'elle ne soit capable d'inventer pour lui nuire; elle était redoutée de tous les domestiques de la maison, et il est fort heureux qu'elle s'en aille, car il n'en serait pas resté un si Madame l'eût gardée plus longtemps. »

Les explications de Mme Matthieu me rassurèrent; cependant je ne sais quelle vague inquiétude me restait dans l'esprit. Du reste, elle se dissipa bientôt, en voyant Madame continuer son train de vie habituel, sans paraître se soucier le moins du monde des menaces de son ancienne femme de chambre.

J'avais depuis longtemps oublié cet incident, lorsqu'un jour, presque à la même heure, le carrossier, le tapissier, la modiste, le tailleur et le bottier de Monsieur, la couturière de Madame, et une demi-douzaine d'autres fournisseurs se présentèrent, leurs mémoires à la main et demandant à être payés. C'était Annette qui, pour se venger comme elle l'avait dit, était allée les prévenir que, s'ils ne voulaient pas perdre leur argent, ils devaient aviser promptement à se faire payer. Monsieur avait-il été averti de cette visite? Je n'en sais rien; mais ce qu'il y a de certain, c'est qu'il ne parut pas surpris, et qu'il se trouvait en ce moment à la maison, ce qui ne lui arrivait jamais à cette heure-là. Il reçut tous ces fournisseurs, et solda immédiatement en entier leurs notes. Ceux-ci, enchantés, se confondirent en remercîments et en offres de services.

Cette circonstance ne servit qu'à relever le crédit de mes maîtres, et les choses continuèrent à aller leur train, et même un plus grand train que par le passé. Seulement je remarquai que Madame était triste depuis quelque temps, et que Monsieur faisait des absences beaucoup plus fréquentes et plus longues qu'auparavant. Enfin, un soir qu'ils étaient sortis comme d'habitude, après le dîner, ils ne rentrèrent pas de la nuit. Je veillai à les attendre, en proie à la plus vive inquiétude. A neuf heures du matin, on sonna à la porte. Je courus ouvrir, croyant que c'était ma maîtresse; mais quel fut mon saisissement en voyant un commissaire de police escorté de sergents de ville, qui me demanda, au nom de la loi, où était M. Jules Berthoux, dit de Jalandrey! Je répondis que je ne l'avais pas vu, ni lui ni sa femme, depuis la veille. On fit venir les autres domestiques, qui firent la même réponse. On recueillit nos dépositions, qu'on écrivit et qu'on nous fit signer, puis le juge de paix fut appelé; on visita les papiers de Monsieur, on fit l'inventaire du mobilier et l'on apposa les scellés partout.

Nous apprîmes alors que Monsieur avait été ruiné à la suite d'opérations à la Bourse; qu'il devait bien au delà de son avoir, et qu'il s'était enfui avec sa femme à l'étranger.

CHAPITRE VII

LE RETOUR DE L'ENFANT PRODIGUE

On comprend dans quelle consternation me jeta un pareil événement. La voilà donc réalisée cette prédiction de ma sœur, quand elle me disait que je pourrais me trouver seule, abandonnée, sans appui, sans connaissance au milieu de cette grande ville! Si encore j'avais eu quelque argent, j'aurais pris immédiatement le chemin de fer et je serais retournée dans ma famille, quoique cette démarche eût passablement coûté à mon amour-propre. Mais je n'avais pas un sou; depuis six mois que j'étais au service de Mme de Jalandrey ou de Mme Jules, comme on voudra, je n'avais rien reçu; on m'avait promis vingt-cinq francs par mois pour la première année : de sorte que c'étaient cent cinquante francs qui m'étaient dus. Il est vrai que le juge de paix, qui avait apposé les scellés, m'avait dit que je ne perdrais rien, et que mes gages, ainsi que ceux des autres domestiques, seraient payés par privilége avant tous les autres créanciers, sur les premiers fonds que toucheraient les syndics de la faillite Berthoux; mais quand cela aurait-il lieu? C'est ce que je ne savais pas; et en attendant, que devenir?

Ma première pensée avait été d'écrire à mon père, pour lui apprendre ce qui venait d'arriver et lui exposer mon embarras. Mais n'était-ce pas faire l'aveu de la faute que j'avais commise en quittant la maison paternelle? N'était-ce pas solliciter humblement mon rappel, après avoir fait un si pompeux étalage du sort brillant qui m'attendait à Paris? N'était-ce pas m'exposer, quand je serais de retour, aux railleries, aux quolibets de mes frères et sœurs et même des domestiques, et surtout me replacer plus que jamais sous la dépendance de ma belle-mère? Je n'avais pas eu, il est vrai, jusque-là trop à m'en plaindre; mais mon retour forcé ne la disposerait-elle pas à se montrer plus sévère?

Dans cette perplexité, je consultai Mme Matthieu, qui, comme je l'ai dit, m'avait toujours montré de l'intérêt. Elle me fit raconter mon histoire et tous les détails de mon départ de la maison de mon père. « Je comprends, me dit-elle, votre embarras et votre répugnance à vous remettre sous l'autorité de votre belle-mère. Ah ! si c'était votre mère véritable, je vous dirais : Partez sans hésiter, votre place est auprès d'elle ; mais dès qu'il s'agit d'une belle-mère, c'est bien différent. Vous avez beau dire qu'elle a toujours été bonne pour vous, c'est toujours une belle-mère, et la meilleure, à mon avis, n'offre pas assez de garantie pour qu'on puisse s'y fier. D'ailleurs, qui vous force à partir si précipitamment ? Croyez-vous que Paris n'offre pas plus de ressource que votre pays ? Si vous voulez rentrer au service, je me fais forte de vous procurer dans quelque temps une place qui vaudra bien celle que vous aviez ici. En attendant, puisqu'on vous laisse votre petite chambre jusqu'après la levée des scellés et qu'on vous ait payé ce qui vous est dû, si vous voulez, je vous ferai entrer dès demain dans un atelier de lingerie, où vous gagnerez d'assez bonnes journées, jusqu'à ce que vous ayez touché votre argent. Alors vous vous placerez, comme je vous l'ai dit, ou vous continuerez de travailler, si cela vous convient mieux ; ou enfin, si l'envie vous prend de retourner au pays, vous aurez de quoi payer vos frais de voyage sans demander de l'argent à vos parents, et même il vous restera de quoi revenir ici, dans le cas où vous ne seriez pas contente de la réception qu'on vous ferait. »

Je suivis les conseils de Mme Matthieu. Le jour même, elle me présenta dans un grand magasin de lingerie de la rue Choiseul, où je fus admise à travailler aux pièces. Le lendemain, je fus installée; la maîtresse parut contente de mon ouvrage, et me dit que je pourrais facilement gagner, dans les commencements, un franc cinquante à deux francs par jour, et davantage, dès que je serais au courant.

Je fus enchantée de ce début. Je remerciai Mme Matthieu de ce qu'elle avait fait pour moi, lui déclarant que j'aimais mieux rester ouvrière que de rentrer en service. « Vous avez raison, me dit-elle, on est plus indépendante; du reste, cela se trouve bien, ajouta-t-elle, car je n'aurais pu m'occuper de vous placer comme je vous l'avais promis, m'étant engagée chez une famille qui part dans trois jours pour l'Italie. » Nous nous fîmes nos adieux, et je ne l'ai pas revue depuis.

Ce fut alors seulement que j'écrivis à mon père, pour lui annoncer de quelle manière j'avais perdu ma place, et en même temps que j'avais trouvé une occupation dont les produits suffiraient amplement à mes besoins. Le lendemain matin du jour où j'avais mis ma lettre à la poste, j'en recevais une d'Agathe, qui me disait que toute la famille était dans une terrible inquiétude à mon sujet. On avait appris à Jalandrey le désastre arrivé à M. Jules Berthoux et sa fuite; M. Berthoux le père était consterné, et l'on disait sa fortune fortement compromise par la déconfiture de son fils. On parlait de vendre la ferme de Jalandrey; tout le monde dans notre famille était bien tourmenté à ce sujet, et par surcroît venait s'ajouter l'inquiétude en ce qui me concernait. Qu'étais-je devenue après le départ de ma maîtresse? pourquoi n'avais-je pas écrit immédiatement? Mon père avait d'abord pensé à me faire revenir; mais outre qu'il n'avait pas pour le moment assez d'argent pour payer mon voyage, où pourrait-il me faire parvenir cet argent, quand il se le serait procuré? Ma sœur terminait sa lettre par un long sermon sur l'imprudence que j'avais commise de quitter la famille, et le tort que j'avais eu de ne pas suivre ses conseils.

Cette dernière partie de la lettre d'Agathe me mécontenta. Je lui répondis sur-le-champ que ma première lettre, qui s'était croisée avec la sienne, avait dû les rassurer sur mon sort; que, du reste, je venais confirmer cette lettre, et ajouter que je n'étais nullement en peine de me tirer d'affaire à Paris; que cependant, si mon père exigeait que je retournasse au pays, je le ferais par obéissance ; mais que dans ce cas il n'avait pas besoin de m'envoyer de l'argent, et que j'en avais assez pour payer mes frais de voyage, et au delà.

C'était, comme vous le voyez, mes enfants, le prendre sur un ton passablement hautain et présomptueux ; mais mon orgueil devait bientôt recevoir une cruelle leçon, bien capable de l'abattre entièrement.

Pendant une quinzaine de jours je fus très-contente de mon atelier. Je touchais régulièrement ma paie tous les samedis soir, et cela suffisait amplement à mes dépenses de la semaine. Une seule chose me contrariait : c'est que j'étais souvent en butte aux railleries et aux plaisanteries des autres ouvrières. Toutes ces jeunes filles, et il y en avait une trentaine, étaient mises comme des demoiselles de bonne maison ; toutes portaient robes à la mode, par-dessus, chapeaux, bottines, etc., et moi, j'étais encore vêtue comme quand j'habitais Jalandrey. La première fois que ces demoiselles m'aperçurent, elles se regardèrent en riant et en chuchotant; puis elles m'adressèrent la parole, me demandèrent mon nom, me firent causer. On rit de ma mise et de ma tournure de paysanne; on rit de mon accent franc-comtois, lourd et traînard; on rit de mon nom, qu'on s'amusa à défigurer en m'appelant *Sérine* ou *Sérinette*. Je pris d'abord assez bien ces plaisanteries et j'en ris la première, quoique un peu du bout des lèvres, parce que mon amour-propre se sentait froissé. A la fin je me fâchai, les railleries redoublèrent de plus belle; je me mis à bouder, ce fut encore pis. Enfin je me plaignis à la patronne. Celle-ci, qui était contente de mon travail plus que de celui de la plupart des autres ouvrières, parce qu'elle avait remarqué que je travaillais plus assidûment, plus régulièrement, et que je faisais chaque jour des progrès, adressa à tout l'atelier une forte réprimande, et menaça de renvoyer la première qui me molesterait. En même temps, pour éviter que je me trouvasse en contact journalier avec celles de qui j'avais le plus à me plaindre, elle me fit travailler désormais dans un cabinet, nommé le *Petit Atelier*, où se trouvaient quelques ouvrières âgées et de choix, de qui, pensait-elle, je n'aurais certainement pas à craindre les taquineries.

Cet arrangement, qui semblait devoir faire cesser les petites vexations dont j'étais l'objet, ne fit que les redoubler et les rendre plus insupportables. Les ouvrières du Petit Atelier, habituées à causer entre elles comme de vieilles amies qui vivent dans l'intimité, furent mécontentes de voir introduire au milieu d'elles une jeune fille devant qui elles auraient à se contraindre. Pour les animer davantage contre moi, mes anciennes camarades leur dirent que j'étais une espionne, que je rapportais tout à la maîtresse, et qu'après avoir suffisamment espionné dans le grand atelier on me plaçait dans le petit, afin d'y continuer mes honorables fonctions.

Une fois que ces idées se furent répandues, il n'y eut plus moyen pour moi d'y tenir. C'était un véritable enfer, et la maîtresse, tout en reconnaissant l'injustice dont j'étais l'objet, fut obligée de me renvoyer des ateliers ; autrement elle eût été abandonnée de la plupart de ses ouvrières. Cependant, comme elle me rendait justice, qu'elle savait bien que j'étais victime de la jalousie, et qu'au fond elle tenait à mon travail, elle me dit que, tout en cessant de venir dans ses ateliers, si je voulais continuer à travailler pour elle, elle ne me laisserait pas manquer d'ouvrage, qu'elle me donnerait à faire dans ma chambre. Elle ajouta que ce n'était pas son habitude, parce qu'elle avait été plus d'une fois dupe de personnes à qui elle avait ainsi confié des articles d'une certaine valeur à confectionner ; mais qu'elle avait toute confiance en moi, et qu'elle se croyait entièrement sûre de ma délicatesse et de ma probité.

J'acceptai cette offre avec empressement, et aussitôt elle me remit un peignoir de batiste, et différents autres objets à faire en entier ou à terminer. Pendant près de deux mois, je travaillai ainsi à mon compte et dans ma chambre ; je préférais de beaucoup être seule, au lieu de me trouver au milieu des ouvrières d'un atelier ; j'étais beaucoup plus libre et plus indépendante ; mais ce genre de vie offre, d'un autre côté, de graves inconvénients pour une jeune fille, et l'expose à bien des dangers. En voici un, entre autres, dont je faillis être victime.

Un jour que je travaillais à un riche trousseau, on frappa à ma porte. J'allai ouvrir, après avoir eu la précaution de regarder par une petite ouverture. C'était une revendeuse à la toilette, qui fréquentait habituellement la maison, et qui m'avait vendu je ne sais quels chiffons. « Bonjour, Mademoiselle, me dit-elle ; ne m'achèterez-vous rien aujourd'hui ? — Non, Madame. — Ah ! permettez-moi de m'asseoir un petit brin ; à mon âge, quand on a monté vos cinq étages, on commence à perdre la respiration. » Je lui offris une chaise, et je me remis à mon travail. « Oh ! qu'est-ce que vous faites donc là, Mademoiselle ? — Vous le voyez, c'est un trousseau de mariée. — Dieu, que c'est riche ! que c'est cossu ! Il y en a pour de l'argent. »

Après s'être extasiée encore pendant quelque temps, et m'avoir fait de nouvelles offres que je n'acceptai pas, elle partit, et je me remis à mon travail, qu'il fallait reporter le soir même. Je me rendis à l'heure dite chez ma maîtresse, qui vérifia toutes les pièces de mon ouvrage, les trouva très-bien, et me donna le reste du trousseau, composé de pièces encore plus belles que les premières. J'y travaillai pendant trois jours de suite et une partie des nuits. Enfin, quand tout fut terminé, je réunis les différentes pièces dans une corbeille pour les reporter. Mais quel fut mon étonnement et ma stupeur quand je m'aperçus qu'il me manquait plusieurs objets ! Je cherchai partout, je retournai tous mes meubles, je fouillai jusqu'à la paillasse de mon lit ; ce fut inutilement. Que pouvaient être devenus ces objets ? Comment pouvaient-ils s'être perdus ? Me les aurait-on pris ? Mais personne n'était entré dans ma chambre depuis qu'ils m'avaient été confiés ; car la marchande à la toilette, à laquelle je pensai immédiatement, était venue me voir le jour même où je terminais la première partie de ce trousseau, et rien n'y avait manqué quand je l'avais reporté, et je ne l'avais pas revue depuis.

Enfin, après plus d'une heure de recherches, quand je fus bien convaincue de leur inutilité, je m'acheminai tristement vers le magasin. En me voyant entrer la figure toute bouleversée, la patronne s'écria : « Oh ! mon Dieu ! que vous est-il arrivé, ma pauvre enfant? »

Je lui racontai en sanglotant ma mésaventure. Elle en fut vivement contrariée non-seulement à cause de la perte des objets, mais parce qu'il fallait les remplacer sur-le-champ, et que le temps manquerait peut-être pour cela. Mes sanglots redoublèrent en l'entendant ; enfin elle finit par me consoler elle-même, en me disant qu'il ne fallait pas me désoler ainsi, et que, si les objets ne se retrouvaient pas, elle ne voulait pas que j'en supportasse la perte; seulement que cela devrait me rendre plus attentive pour une autre fois.

Cet événement fut bientôt connu dans l'atelier, et je laisse à penser les gorges-chaudes que ces demoiselles firent à mes dépens. « C'est bien fait, disait l'une, pour la patronne; ça lui apprendra à donner sa confiance à des Agnès villageoises, à des saintes nitouches qui sont moins soigneuses que bien d'autres qui ne font pas tant les mijaurées, et qui ne perdent jamais rien. — Qu'appelez-vous perdre? reprit une grande, nommée Zélie, qui s'était toujours montrée acharnée contre moi; elle l'a perdu tout comme moi; je parierais que les objets en question sont déjà au mont-de-piété, s'ils ne sont pas vendus. »

Pendant huit jours, ce fut le sujet de l'entretien du matin au soir. Enfin on commençait à parler d'autre chose, quand un jour la grande Zélie entra dans l'atelier comme un ouragan, en criant : « Je le disais bien, qu'elle n'avait pas perdu le voile ni le mouchoir de dentelle, ni le peignoir de batiste; je viens de les trouver, moi, et devinez où? Chez la revendeuse à la toilette de la rue Favart. Figurez-vous qu'en passant devant sa boutique j'avais aperçu de la dentelle qu'il m'a pris fantaisie de marchander. J'entre, et, après avoir examiné cette dentelle et quelques autres articles, la voilà qui me montre un mouchoir brodé que je reconnais sur-le-champ. « Voilà un joli mouchoir, que je dis, sans faire semblant de rien; je l'achèterais volontiers, si vous ne le vendiez pas trop cher. — Oh! ma petite, qu'elle fit, c'est une occasion, une occasion unique, et je vous le vendrai cinquante pour cent au-dessous de sa valeur. » Pendant qu'elle parlait, j'aperçus le voile derrière une vitrine, et le peignoir étalé sur un mannequin. Au même moment passaient deux sergents de ville qui se promenaient tranquillement sur le trottoir. J'ouvre brusquement la porte, et je les appelle: « Messieurs, leur dis-je, voilà plusieurs objets qui ont été volés la semaine dernière à ma patronne ; je les reconnais parfaitement; voulez-vous demander à cette femme comment ils se trouvent en sa possession ? »

« Elle parut d'abord un peu troublée; mais quand l'un des sergents de ville lui eut adressé la même question, elle répondit avec assez de sang-froid : « Messieurs, j'ai acheté ces objets d'une personne qui me les a vendus comme lui appartenant, et je ne suis pas responsable si elle les a volés.

« — Non, reprit le sergent de ville, à condition que vous ayez rempli les formalités exigées par les règlements. Avez-vous inscrit sur votre livre le nom de cette personne et son domicile ?

« — Oui, Messieurs, » dit-elle; et, ouvrant son livre, elle fit voir à la date du 10 courant cette note ainsi conçue : « Acheté un voile de dentelle, trois mouchoirs, un peignoir, de Mlle Périne Robichon, ouvrière, demeurant rue de Suresne, n° 26 (c'était en effet le logement que j'occupais depuis que j'avais quitté la rue Tronchet).

« — Et quel âge a cette jeune fille? demanda le sergent.

« — Monsieur, me hâtai-je de répondre, elle a dix-huit ans à peine et loge en garni.

« — Comment! Madame, reprit-il, en s'adressant à la marchande, vous avez acheté des objets d'une pareille valeur d'une mineure, d'une ouvrière et qui loge en garni! Nous allons saisir ces objets et les porter chez le commissaire de police, où vous allez nous suivre toutes les deux. »

« Je suis donc allée chez le commissaire, où j'ai fait ma déclaration. Pendant qu'il interroge la marchande, il a envoyé deux de ses hommes chercher la *Sérine* dans sa cage, et moi, il m'a chargée de venir dire à Madame de se rendre immédiatement chez lui, pour reconnaître les objets trouvés chez la revendeuse à la toilette. »

Tandis que la grande Zélie racontait cette histoire, on venait effectivement me chercher pour me conduire chez le commissaire Je demandai ce que me voulait ce magistrat. « Il s'agit, me dit l'un des agents de police, de divers objets de lingerie volés. — Ah! mon Dieu! m'écriai-je joyeusement, seraient-ce ceux que j'ai perdus? » Et je courus toute joyeuse chez le commissaire. Mais quelle fut ma consternation quand j'appris l'accusation dont j'étais l'objet, et que j'entendis cette infâme marchande soutenir devant moi que je lui avais vendu ces objets, et qu'elle me les avait payés dans ma chambre, tel jour et à telle heure, qu'elle cita! J'eus beau éclater en sanglots, j'eus beau protester de mon innocence, le commissaire déclara qu'il allait me mettre à la disposition du procureur impérial, ainsi que la revendeuse à la toilette, qui depuis longtemps était suspecte et qui passait pour une voleuse et une recéleuse de la pire espèce, mais qui avait toujours su échapper aux poursuites de la justice.

Je fus donc conduite à la préfecture de police, d'où je fus envoyée à la prison de Saint-Lazare. En voyant se refermer derrière moi ces portes massives, je fus saisie d'un tremblement convulsif, comme si j'avais entendu retomber la pierre de mon tombeau. Il fallut me porter, à demi évanouie, dans la partie de la prison réservée aux prévenues. Là je perdis complétement connaissance, et, quand je revins à moi, je me trouvai couchée dans un lit à l'infirmerie. A côté de moi veillait une sœur qui m'adressa les premières paroles de consolation que j'aie entendues depuis longtemps. « O ma sœur, m'écriai-je, je vous remercie de la compassion que vous me portez; mais je vous jure que je suis innocente... je n'ai point commis le crime dont on m'accuse, jamais je n'en ai eu la pensée; je suis victime d'une infâme calomnie! Est-il possible, ô mon Dieu, d'être ainsi accusée et peut-être condamnée injustement! Il y a de quoi se désespérer!

— Calmez-vous, mon enfant, me dit la bonne sœur d'une voix douce et affectueuse, quelque innocente que vous soyez, vous l'êtes encore moins que le Juste par excellence, qui a été indignement accusé, condamné, et qui a souffert une mort infâme pour racheter vos péchés et les miens. Offrez à cette victime de nos iniquités les peines que vous éprouvez aujourd'hui en expiation de vos fautes passées; car, si vous êtes innocente du crime dont on vous accuse, n'avez-vous pas besoin d'expier d'autres fautes qui ne sont pas du ressort de la justice humaine, mais qui n'échappent pas pour cela à la justice divine?

— Oh ! oui, m'écriai-je, je suis bien coupable envers mon père et toute ma famille, et, si je n'avais écouté les conseils de mon orgueil et de ma mauvaise tête, je ne serais pas tombée dans l'abîme où je suis aujourd'hui plongée.

— Eh bien, mon enfant, humiliez-vous devant la main qui vous frappe, confessez vos fautes, montrez-en un ferme repentir, et Dieu et votre famille vous les pardonneront.

— Vous parlez de me confesser, ma sœur? pourrais-je avoir bientôt ce bonheur? Oh ! je sens que ce serait pour moi une bien grande consolation !

— Rien n'est plus facile, mon enfant,

et demain matin, quand M. l'aumônier viendra dire la messe, je le ferai prévenir. »

Le lendemain j'eus effectivement le bonheur de me confesser, et dès lors je me résignai avec plus de calme à ma triste position.

Quelques jours après, je fus appelée devant un juge d'instruction qui, après m'avoir interrogée avec une certaine sévérité, voyant que mes réponses étaient toujours les mêmes, que jamais je ne tergiversais ni ne me coupais, finit par me dire avec bonté : « Allez, mon enfant, prenez courage, j'espère que tout ira bien. »

Je retournai joyeuse à la prison, et je racontai à la bonne sœur ce que m'avait dit le juge. « Oh! si je pouvais être bientôt mise en liberté! m'écriai-je, avant que ma famille ait appris cette funeste catastrophe, avec quel empressement je retournerais dans mon pays, dussé-je servir chez mon père comme simple fille de basse-cour! »

J'achevais à peine de prononcer ces mots, qu'on vint m'annoncer que quelqu'un me demandait au greffe. Je suivis le gardien qui était venu m'appeler, me demandant quelle pouvait être la personne qui désirait me parler. A peine fus-je entrée dans la chambre qui sert de parloir, qu'une femme, que je n'avais pas aperçue, s'élança en me tendant les bras, et s'écria en me pressant sur son cœur et en sanglotant : « O ma pauvre Périne! ma fille bien-aimée, faut-il que je te retrouve dans un pareil lieu! Mais, Dieu merci, je viens t'en faire sortir et t'emmener avec moi.

— C'est vous, ma mère, m'écriai-je à mon tour, quoi! vous saviez que j'étais ici? » Et je me mis à fondre en larmes en répondant à ses caresses.

« Oui, je le savais, et, qui plus est, j'apporte l'ordre de ta mise en liberté. »

Pendant que le greffier remplissait les formalités de la levée de l'écrou, ma mère me raconta que le procureur impérial de Paris avait écrit au procureur impérial de Louhans pour lui annoncer mon arrestation et ses causes, et lui demander des renseignements sur mo ipersonnellement et sur ma famille, ajoutant que, si ces renseignements étaient favorables, il abandonnerait l'accusation portée contre moi, car elle ne lui paraissait pas soutenable. En apprenant cette nouvelle, personne dans ma famille n'avait douté un instant de mon innocence, et ma belle-mère avait voulu partir elle-même pour me faire sortir de prison et me ramener. En arrivant à Paris, elle avait vu le juge d'instruction, qui lui avait annoncé que la revendeuse à la toilette, convaincue d'une foule d'autres vols, avait fini, sur les pressantes questions du magistrat, par avouer que c'était-elle-même qui s'était introduite dans ma chambre, avait soustrait diverses pièces du trousseau, et les avait inscrites sur son livre, afin d'employer le moyen de justification dont elle s'était servie, si par hasard les objets étaient trouvés en sa possession. Elle avait employé déjà plusieurs fois cette manœuvre qui lui avait réussi, et l'on trouva chez elle une foule d'autres objets volés à différentes personnes, et inscrits sur son livre comme vendus par ces mêmes personnes. Convaincu de mon innocence, le juge avait voulu m'interroger une dernière fois, puis il avait rendu une ordonnance de non lieu, et avait fait remettre à ma mère l'ordre de me faire sortir de prison.

Deux jours après je serrais mon père dans mes bras, et je recevais les caresses de toute ma famille. Mon retour fut une fête comme celui de l'enfant prodigue; et mon père et ma mère disaient aussi avec joie : « Nous avions perdu une fille, et nous l'avons retrouvée. »

Depuis ce jour j'ai vécu heureuse au milieu de ma famille, et, si ma belle-mère n'a cessé de me montrer la tendresse d'une mère véritable, je puis dire qu'à mon tour je n'ai cessé d'avoir pour elle le respect et l'amour d'un enfant.

Il y avait eu de grands changements à la ferme depuis mon départ. Le pauvre M. Berthoux père était mort de chagrin en apprenant la faillite de son fils. La ferme de Jalandrey avait été vendue, et le nouveau propriétaire en avait continué le bail à mon père, à mon frère aîné et à mon beau-frère.

FIN

Tours. — Impr. Mame.

www.ingramcontent.com/pod-product-compliance
Lightning Source LLC
LaVergne TN
LVHW012009220826
846092LV00001B/287

9782329777498